JN263580

二見文庫

淫刀　新選組秘譚

睦月影郎

目次

淫刀　新選組秘譚

プロローグ

「俊《しゅん》！　来て。ちょっと袴《はかま》を見てほしいの」

志保《しほ》に呼ばれ、俊介《しゅんすけ》は草履をはいて体育館の裏に行った。高校ＯＧの命令だから、後輩の俊介は何でも言いなりにならなければならない。

二人とも湘南の剣道道場の門弟で、今日は、新宿にある会場に出向いていた。

七月、関東の剣道大会があり、そのセレモニーの一つとして、志保は代表で日本剣道の形を披露することになっている。

だから志保は上下黒の道着に、形用の日本刀の大小を腰に差していた。もちろん刃は付いていないが、見かけは本物で頑丈にできている。

俊介も、刺し子の濃紺の道着と袴姿だった。彼は剣道部員ではなかったが、憧れの志保の試合は何度も見に行っていた。彼女のいる剣道場も近くなので、結局志保に会いたくて入門してしまったのである。志保も、何かと俊介の面倒を見てくれ、それで今回も一緒に上京したのだった。

高校三年生の山川《やまかわ》俊介は十七歳。機会があれば道場を辞めようと思っているほど、荒っぽい運動は好きではなかった。

大学一年生の加納《かのう》志保は十八歳、剣道三段の腕前で、県大会では何度も優勝していた。

志保は長身で美しく、颯爽《さっそう》としているので俊介は密かに憧れを寄せていた。だから志保が、俊、と自分を呼ぶと何やら嬉しく、稽古以外なら何でも尽くしたくなってしまうのである。

「どう？　ちゃんと着付けはできている？」

志保が、袴の腰板や背中のたるみを気にして言った。

剣道の試合なら面をかぶるし多少暴れてもかまわないが、形の披露だから顔を晒すし、折り目正しく演武しなければならない。

「大丈夫ですよ。ちゃんとなっています」

「そう……、なんか、緊張するなあ……」

志保が、珍しく弱気になっていた。

試合ならいつも自信満々で臨むのに、やはり見た目の美しさを要求される形では勝手が違うのだろう。

ふと見ると、体育館の裏手に、小さな祠《ほこら》が祀《まつ》ってあった。石塔には文字が刻まれているが磨耗して読み取れないから、かなり古いものなのだろう。

「ね、緊張をほぐさせて……」

志保が囁《ささや》くと、いきなり俊介を抱きすくめてきた。祠の脇の木陰で、周囲には誰もいない。

「う……！」

俊介は驚いて声を洩らし、間近に迫る志保の顔を眩しく思った。

やがて志保の唇がピッタリと重なり、ほんのり甘酸っぱい果実のような匂いの息が感じられた。僅かに濡れた唇が柔らかく密着し、俊介はどうして良いか分からずじっとするだけだ。

俊介は志保が好きだったが、おそらく彼女も好意を持ってくれていたのだろう。しかし今までそんな素振りは見せなかったから、こんなあからさまに行動を起こしてくるのは意外だった。

と、触れ合ったままの口が開かれ、志保の舌がぬるりと侵入してきた。

そして俊介も前歯を開いて受け入れ、互いの舌が触れ合った途端、

（うわ……！）

たちまち目眩《めまい》を起こし、俊介はそのまま気が遠くなってしまった……。

第一章　文久二年江戸

1

――ようやく気がついた俊介は、祠の傍らに倒れている志保を揺り起こした。

「先輩！　加納さん、しっかり……」

声をかけながらも、俊介は笑いが込み上げてきてしまった。

なにしろ互いに、初めてキスしただけで失神してしまったのだ。我ながら、何と言う純情でうぶな反応だったろう。

それにしても、勝気で男勝りの志保も、やはり同じように内心は緊張と動揺で気を失ってしまったのである。それは、まだ彼女が無垢だという証明だった。

それが嬉しいのと、憧れの志保とキスした感激に、俊介は顔がほころんでしまったのだった。

「どうしました。水をお持ちしましょうか」

と、声をかけてきた者がいる。

「はあ、すみません……。え……？」

答えながら顔を上げた俊介は、その時ようやく周囲の異変に気がついていた。

祠はあるが、体育館が消え失せている。周囲は新宿とも思えないだだっ広さだ。ほとんどが田圃《たんぼ》と草原と、遠くに何軒かの藁葺《わらぶき》屋根の家が点在しているだけだった。

しかも、水を汲みに行った男の後ろ姿。縦縞の袴に絣《かすり》の着物、髪はポニーテールのようであり、しかも腰には刀を差しているではないか。

あんな姿の選手は見たことがない。いや、それ以前に体育館が消え失せていることが気になった。

（どこなんだ、ここは……）

俊介は思ったが、この祠には見覚えがあった。さっき見たときより、だいぶ新しく感じられるし、彫られた文字もくっきりしていて、辛うじて『時神《ときがみ》』と読めるではないか。

祠の裏が小さな杜《もり》になり、そこに湧き水でもあるのか、すぐに男が竹筒を手に戻ってきた。十七、八の顔立ちで優しそうだが、頭の真ん中を剃り、左右から後ろに回した長い髪をつむじあたりで束ねて垂らしていた。

しかも腰には大小の刀、まさに時代劇の扮装である。

「さあ、これを」

青年は竹筒の水を志保の口に当てて含ませ、さらに濡らした手拭いを彼女の額に載《の》せてくれた。しかし、まだ志保は目を覚まさない。

「有難うございます……」

「この暑さでやられたのかな。よろしければうちで休んでいってください。すぐ近くですので」

彼が言う。確かに、この炎天下に長くいるわけにいかないし、いろいろ話も聞きたかった。わけが分からないが、今とにかく頼りになるのは、この優しそうな武士姿の青年だけなのだ。

「では、すみませんがそうさせてください」

俊介は、彼に手伝ってもらいながら志保を背負って立ち上がった。

長身の志保は重いし刀も邪魔だが、俊介は力を振り絞った。

何しろ、こんな最中ではあるが、背中に当たる胸の膨らみと、肩越しに感じられる甘酸っぱい吐息が心地よいのだ。

「どこからいらしたのです」

道案内をしながら、青年が言った。

「新宿です……」

「内藤新宿ならここですが」

「い、いえ……、新宿は今日来たばかりで、元は鎌倉なのです」

「鎌倉？ そんな遠くから！ 旅仕度にも見えないが」

彼は驚いて俊介を見た。

「はあ、僕も気を失って、何がなんだか……。あ、僕は山川俊介、彼女は加納志保さんと言います」

「私は沖田総司《おきたそうじ》です」

彼は答え、道案内を続けた。

(お、沖田総司……、まさか……)

俊介は、さっきから感じていた一つの可能性を、徐々に確信しはじめた。

(ここは、江戸時代……？)

夢なのだろうか。だが、志保の重みや強い陽射しは現実のものだ。それに、どこまでも続く舗装されていないあぜ道に足が痛くなってきた。慣れない草履だし、彼、沖田の足は速い。

それでも、少し歩くと町並みが見えてきた。

遠くに見えた藁葺屋根ではなく、木や瓦屋根の、しっかりした造りの家々だった。

もちろん電柱も自動車も見えなかった。行き交う人々は、皆チョンマゲに着物姿。武士も町人も女もいる。

どれも時代劇で見た感じだが、何しろヅラではない本物の髷《まげ》と、ぴったり着こなしている色褪せた着物がリアルだった。そして小柄な俊介と同じぐらい、みな体格が貧弱に見えた。

「あそこです。どうぞ」

沖田が指す方に大きな屋敷があり、俊介は志保を背負い、沖田に招かれるまま中に入っていった。

他の人に会うこともなく中庭をまわり、縁側から小部屋に入ると、すぐに沖田が布団を広げてくれた。部屋には布団と文机《ふづくえ》と行灯《あんどん》以外何もなく、電灯のない天井が実に物珍しげに俊介の目に映った。

とにかく、俊介は志保の大小の刀を抜きとって布団に横たえた。

「みんな出払っているようですね。ここは私の部屋ですからお気遣いなく。では、もう一度水を持ってきましょう」

沖田は行って、母屋らしき方へと出ていった。

「う……んん……」

すると志保が、ようやく声を洩らしてうっすらと目を開けた。

「大丈夫ですか、先輩」

「ここは、どこなの……？」

志保が、急に生気が戻ったようにハッと半身を起こし、周囲を見回して言った。

「驚かないでください。ここは江戸時代の新宿です」

「え……？」

「すぐには理解できないかもしれません。僕もまだ混乱してますから。とにかくここは、先輩の好きな沖田総司の部屋なんです」

俊介が言うと、志保は目を丸くし、すぐに眉を険《けわ》しくした。

「おい、こら！　何をわけの分かんないことを言ってる！」

いきなり俊介の耳を引っ張った。

「い、いててて……、本当なんです。間もなく沖田さんが来るから、どうか滅多なことは言わないように、しばらく具合の悪い振りをしていてください。とにかく気持ちを落ち着けて、ゆっくり相談しましょう」

俊介が言うと、志保もようやく只ならぬ事態だということが分かってきたようだ。

確かに、新宿の体育館裏で気を失ってから、いくらも時間が経っていないことは体感しているだろう。それにこの部屋も、縁側から見える風景も、俊介の言うことを裏づけているのだ。

「どうして、こんなことに……」

「先輩が、いきなり僕にキスしたでしょう。どういうわけか、その拍子にタイムスリップを……」

俊介が言うと、志保は彼の手を取って引き寄せた。

すぐに俊介も、彼女の意図を察した。もう一度舌を触れ合わせれば、元に戻れるかもしれないと思ったのだ。

唇を重ね、俊介は再び志保の柔らかな唇の感触と、ほんのり甘酸っぱい息の匂いを感じた。こんな異常事態の中だというのに、憧れの上級生とキスして、たちまち俊介は勃起してしまった。

だが、温かな唾液に濡れた舌を触れ合わせても、一向に異変は起きなかった。

そのとき、廊下に足音が聞こえたので、二人は慌てて離れ、志保は横になった。

「やあ、気がつきましたか」

沖田が、手桶に水を張って入ってきた。

「すみません。何から何まで……」

俊介は手桶を受け取り、もう一度絞った手拭いを志保の額に載せた。

「申し訳ありません。お世話になります……」

志保は小さく言ったが、内心の驚きは充分すぎるほど俊介に伝わってきた。何しろ、志保の新選組に対する熱は大変なものなのだ。その、憧れの沖田総司が目の前にいるのである。

「良くなるまでここにいて構いませんからね。ここは居候が多いし、私もその一人ですので」

「ここは、試衛館《しえいかん》ですか……」

「そうです。よくご存知ですね。鎌倉のお方と伺いましたが」

沖田は笑顔で頷き、今はさしたる詮索もせず部屋を出ていった。

2

「ああ、歯が磨きたい。お風呂にも入りたい。トイレも洗浄器がついてないし」

志保が、することもなく横になったまま言った。

もう日が落ち、夕食も終えたところだった。

日暮れに、ここ天然理心流《てんねんりしんりゅう》の剣術道場である試衛館の当主、近藤勇《こんどういさみ》と、隠居している先代の近藤周斎《しゅうさい》が部屋に来て、やはり詮索もせず療養を許してくれたのである。

近藤は、四角い顔に大きな口で恐い印象があったが、実に物腰の柔らかな優しい男だった。年齢は二十代後半のはずだが、平成の人間に比べるとずっと落ち着きがあって大人に見えた。

そして沖田が、二人分の膳を運んできてくれたのである。麦飯に漬け物、大根の味噌汁に小魚が一尾だが、実に新鮮な味で旨く感じられたものだった。

時計もないので何時頃か分からない。

平成の時代から持ってきたものは、お互いの剣道着と草履、形に使う斬れない刀の大小だけだった。

だが、俊介は下着を着けていないが、志保はおそらくショーツをはいているだろう。そして長い髪を束ねているゴムも、この時代にはないものだった。

何度か、遠くから鐘の音が聞こえてきたが、それが何時を表わすのか分からない。行灯《あんどん》はあるが火の点《つ》け方も分からないし、油は高価と聞いているので我慢するしかないだろう。幸い、蒸し暑いので縁側の障子を開けると月光が射し込んできた。

あれから二人で話し合い、志保は鎌倉の武家の娘、俊介はチョンマゲもないので、寺の小僧ということにし、志保について江戸見物に来たことにしていた。

もちろん手ぶらで江戸に来るわけもないから、途中で荷物を盗られたことにした。だから試衛館の面々は、俊介が志保の従者と思っているので、同じ部屋でも間違いなど起こり得ないと確信しているようだった。

とにかく明朝まで、この部屋に二人きりなのだった。

「着替えもないので辛いわ。明日もこれしか着るものがないのだから、脱いで干した方がいいわね」

志保は、平成に戻れるかどうかという大きな心配よりも、女らしい身のまわりのことの方が気になるようだった。さっぱりしてくよくよしない性格なので、憧れの幕末に来られたことを楽しもうとしているのかもしれない。

俊介もまた、志保と二人きりでいられるのが嬉しく、先のことより目の前にある肉体に全神経が向いてしまっていた。

志保が前紐を解いて袴を脱いだ。月光に、ムッチリした健康的な脚が青白く浮かび上がる。

さらに胸紐を解いて上衣を脱いだ。下はブラではなく、短めのタンクトップだ。愛らしいショーツと同じ、どちらもピンクである。

彼女は、薄暗い部屋で、さらに下着も脱ぎはじめた。やはり異常事態なのだから、羞恥心より身だしなみを優先させたようだった。

「井戸で洗って干した方がいいでしょう。僕が洗ってきます」

井戸は自由に使って良いと言われている。しかし、いくら夜とはいえ志保が全裸で井戸端へ行くわけにはいかないだろう。

「そう。じゃお願いね。あんまり見ないようにね」

志保は、少々ためらいながらも、全裸になって身を縮め、タンクトップとショーツを俊介に渡してきた。瑞々《みずみず》しい白い肌と、案外肉づきのよい胸や腰の線を見ながら、俊介はすぐに縁側から外に出た。

月明かりの中を井戸端まで行き、ぎこちなく釣瓶《つるべ》を使って水を汲み上げた。

もちろん水に浸けて洗う前に、俊介はこっそり顔に押し当ててしまった。丸一日胸に密着していたタンクトップの繊維には、志保の甘ったるい汗の匂いがタップリと染みついていた。しかも絞れば滴りそうなほど湿り気を帯びている。

俊介は勃起しながら心ゆくまで嗅ぎ、やがてタンクトップを桶に浸け、今度はショーツを裏返して月明かりにかざした。

股間の当たる中心部には、うっすらとレモン色の染みがあり、クイコミの縦ジワも認められた。しかし抜けた恥毛や肛門の当たる部分の変色はない。

鼻を押し当てると、汗の匂いばかりではないゾクゾクする刺激的な芳香が鼻腔に広がっていった。

（うわ……、これが志保さんの匂いなんだ……！）

俊介は感激と興奮に胸を弾ませ、繊維の隅々まで嗅ぎまくり、シミの部分に舌を這わせた。匂いはミルク系の汗の成分に、チーズのような匂いが混じっていた。これはオシッコと、女性特有の分泌液の匂いなのだろう。

俊介は暴発してしまいそうな興奮の中、何度も何度も深呼吸して胸を満たした。

だが、あまり遅くなるといけない。名残惜しいまま水に浸け、洗剤もないので手揉みで手早く洗った。

オナニーもしたかったが、そんな時間はない。もっとも、これから同じ部屋で過ごせるのだから、志保が眠ったあと間近なところで抜いた方が興奮するだろう。いや、眠る前に、何か良いことが起きるかもしれない。何しろ、二人の仲は難無くキスまで進展しているのだ。

俊介は期待しながら、洗った上下の下着を絞って部屋に戻った。

そして軒下に下着と道着上下を干し、俊介は自分も脱いで吊るしておいた。

俊介はノーパンだったので、たちまち全裸になってしまった。志保も、一糸まとわぬ姿で布団の上で身を縮めている。

「身体を拭いてあげます。横になってください」

俊介は、手桶の水に手拭いを浸して言った。

「いいわ。先に私がしてあげる。寝て」

志保が言い、ためらう俊介を強引に布団に横たえてしまった。

彼女は俊介の胸や腋を拭き、徐々に股間へと手拭いを移動させていった。そして内腿から付け根まで拭うと、激しく勃起しているペニスを包み込むようにしてこすりはじめ、その刺激にペニスがひくひくと震えた。

「ああ……」

俊介が思わず喘ぐと、志保は手拭いを置いて、今度は両手で触れてきた。

「変な形……、でも可愛いわ……。こんなに硬くなって……」

志保がやんわりと握って言い、観察するように張り詰めた亀頭を撫で、陰嚢《いんのう》も手のひらに包んで二つの睾丸をコリコリと確認した。

女子大一年ともなれば、雑誌や友人からの情報で男性器の仕組みぐらい知っているのだろう。

さらに彼女は大胆に顔を寄せ、俊介の快感の中心に熱い息を吐きかけ、愛しげに頬ずりしてから唇を押し付けてきた。亀頭に舌が這いまわり、尿道口もチロチロと舐めて、滲み出る粘液を拭い取ってくれた。

「あう……、い、いけない、先輩……」

あまりに激しい快感に、俊介は声を震わせて喘いだ。

しかし志保は幹を舐め降り、陰嚢まで念入りにしゃぶってから、再びペニスの裏側を舐め上げて、今度はスッポリと喉の奥にまで呑み込んできた。

ペニスは、温かく濡れた志保の口腔に包まれた。幹が唇で丸く締め付けられ、内部ではクチュクチュと滑らかな舌が蠢《うごめ》いている。熱い息に股間をくすぐられ、たちまちペニス全体は十七歳の清らかな唾液にまみれた。

「ダメです。出ちゃう……！」

俊介は身悶えながら、必死に堪えた。何しろ、キスしただけでも暴発しそうになるほど性欲が溜まりに溜まっているのだ。しかも、年中オナニーの妄想でお世話になっている志保に、あろうことかペニスをしゃぶられているのだ。

生まれて初めての強烈な快感に、いくらも我慢できるはずがなかった。

しかも志保は、さらに顔全体を上下させ、スポスポと濃厚に摩擦しはじめてきたのである。もう限界だった。

「アア……！」

俊介は激しい怒涛のような快感に巻き込まれ、身悶えながら勢いよく熱い大量のザーメンを噴出させてしまった。

「ンン……」

志保は予想していたように驚かず、小さく鼻を鳴らしながら舌の上に受け止め、喉に流し込んでいった。俊介は、飲まれている快感と感激に喘ぎ、最後の一滴まで憧れの先輩の口の中に絞り出してしまった。

3

「先輩とか加納さんじゃなくて、志保さんって呼んでいいですか……？」

腕枕してもらいながら、俊介は志保の胸に顔をうずめて囁いた。

快感の余韻に浸るというより、あまりに強烈だった口内発射に、まだ全身に力が入らなかった。

「いいわ……、私は今までどおり、俊でいいわね」

志保は、胸に抱えた俊介の頭を撫でながら、甘酸っぱい息で囁いた。ザーメンの匂いはせず、かぐわしい吐息とともに胸元や腋からも、新鮮な汗の匂いが何とも甘ったるく香った。

俊介は、目の前にある桜色の乳首にチュッと吸い付いた。顔全体を押し付けると、案外大きな膨らみがムニュッと柔らかく弾んだ。

「あん……」

舌で転がすと、志保が小さく声を洩らし、ギュッと強く彼の顔を抱き締めてきた。

俊介はもう片方を揉みしだきながら、コリコリと硬くなった乳首を味わい、肌の匂いを吸い込んだ。

「くすぐったいわ……。でもいい気持ち……、こっちも……」

志保が喘ぎを抑えるように息を詰めて言い、もう片方への愛撫をせがんだ。

俊介も次第に夢中になって乳首を吸い、腋の下にまで顔を埋め込んでしまった。

「あう……、ダメ……」

志保はビクッと肌を強ばらせて言ったが、完全に俊介が鼻と口を押し付けてしまうと、それ以上拒むことはしなかった。

何と甘い匂いだろう。俊介は、ジットリ汗ばんだ腋の窪みを舐め、憧れの志保の体臭を胸いっぱいに吸い込んだ。剃り跡のザラつきもなく、その部分はツルツルと実に滑らかだった。

やがて俊介は肌を舐め降り、引き締まった腹部と愛らしい臍《へそ》を舐めてから、まだまだ肝心な股間には向かわず、腰からムッチリとした太腿の方へと降りていった。女性の神秘の部分は最後にして、それ以外の場所を隅々まで味わいたかったのだ。

さすがに長年剣道で鍛えられた脚は引き締まって逞《たくま》しく、しかしムダ毛もなくスベスベだった。

志保は仰向けのまま身を投げ出し、じっとされるままになっていた。

俊介は足首を摑んで持ち上げ、志保の足裏に顔を押し付けた。そして指の股に鼻を割り込ませ、汗と脂で湿り気を帯びた匂いを吸収した。吐息や腋のような芳香ではないのに、それは激しく俊介の股間に響いてきた。

「な、何をするの。汚いのに……」

爪先にしゃぶりつくと、志保が驚いたように声を震わせた。

俊介は構わず頰張り、爪先を吸いながら全ての指の間にヌルッと舌を潜り込ませ、ほんのりしょっぱい味が消え去るまで舐めてしまった。

「ああ……、ダメ……、そんなこと……」

志保がくねくねと腰をよじって喘ぎ、俊介の口の中で唾液に濡れた指を縮めた。

俊介は両足とも存分に味わってから、いよいよ彼女の脚の内側を舌で這い上がり、中心部のゴールを目指していった。

志保も覚悟しているようで脚は閉じなかったが、両手で顔を覆って必死に羞恥と闘っているようだった。

両膝の間に顔を進めると、早くも悩ましい匂いを含んだ熱気と湿り気が顔に吹き付けてきた。白く滑らかな内腿に舌を這わせながら、さらに彼女の股間に迫ると、月光に照らされた神秘の部分が目の前に開かれていた。

ぷっくりした丘に若草が楚々《そそ》と煙り、ワレメからは僅かにピンクの花弁がはみ出ている。そっと指を当てて左右に開くと、微かにクチュッと湿った音がして、蜜にまみれた柔肉が見えた。

「ああ……、そんなに、近くで見ないで……」

志保がか細い声で言う。

俊介は夢中で目を凝らし、内部の下の方にある膣口を観察した。周囲には細かな襞があり、ネットリと愛液に濡れて息づいていた。

おそらく、これに触れるのは俊介が初めてだろう。

尿道口は、膣口の少し上あたりだろうが、この明るさでは確認できなかった。

さらにワレメ上部に小指の先ぐらいの包皮が突き出て、その下から何ともツヤツヤした真珠色のクリトリスが覗いていた。

堪らずに顔を埋め込むと、柔らかな茂みが鼻に密着した。

「あん……！　恥ずかしい……」

志保が顔を隠した指の間から言った。自分がするのは良いが、さすがに受け身になると激しい羞恥に襲われるようだった。

俊介は若草の隅々に籠もった匂いを胸いっぱいに吸い込みながら、ワレメに舌を這わせはじめた。

今まで、何度志保にこうすることを夢見てオナニーしたことだろう。

それが現実となったのだが、まさか、それを江戸時代で実現するとは夢にも思わなかった。これが現実かどうか分からないが、とにかく感触と匂いははっきりと伝わってきていた。

俊介は大量に溢れるネットリした蜜を舐め取りながら、柔肉の内部を舌で探った。うっすらと酸味が混じったような味わいで、細かな襞の舌触りが愛しかった。

ヌメリをすすりながらクリトリスまで舐め上げていくと、

「アアーッ……!」

志保が顔をのけぞらせて喘ぎ、内腿でキュッと彼の顔を締めつけてきた。

さらに俊介は彼女の両足を浮かせ、形良いお尻の谷間にも鼻と口を潜り込ませていった。

汗の匂いが僅かに感じられるだけで、それ以外の刺激臭は感じ取れなかった。少々物足りないが、洗浄器付きトイレのない時代にいれば、そのうちナマの匂いを知ることができるだろう。

俊介は肛門の襞をクチュクチュと舐め、内部にもヌルッと舌先を押し込んだ。

「く……、何してるの、ダメ……」

志保が、浮かせた脚をがくがくさせながら言った。

俊介は充分に肛門を味わってから彼女の脚を下ろし、再びワレメに吸い付いて、新たに溢れた愛液を舐め、クリトリスを刺激した。

「も、もう……、変になりそう……」

志保が喘ぎ続け、せがむように下腹を波打たせていた。もちろん完全に回復している俊介も待ちきれなくなり、そのまま身を起こして股間を進めていった。

先端をワレメに押し当てて愛液をまつわりつかせ、位置を定めようとするが、どうにも要領が分からない。

「もっと下……、そう、そこよ……」

志保が僅かに腰を浮かせて誘導してくれた。彼女も非現実的な出来事の中で、少しでも現実を実感したいかのように彼の肉体を求めているようだった。

俊介がグイッと腰を進めると、張り詰めた亀頭が膣口を丸く押し広げて、ヌルッと潜り込んでいった。

「あう……!」

志保が眉をひそめて呻いたが、先端が入ってしまうと、あとはヌルヌルッと滑らかに吸い込まれていった。中は熱く狭く、何とも心地好い場所で、俊介は挿入時の摩擦だけで危うく漏らしそうになってしまった。

ピッタリと股間を密着させ、身を重ねると下から志保が両手でしがみついてきた。

「ああ……、これがセックスなのね……」

志保が荒い呼吸とともに囁く。

「志保さん、初めて……？」

「そうよ。まわりは中学から体験していたようだけど、私は今日が初めて……」

やはり志保は処女であった。中学も高校も剣道部と道場の両方に通っていたぐらいだから、そうした浮わついたチャンスはなかったのだろう。

「僕も初めてです。でも、こんなに気持ちいいなんて……」

俊介は言い、少しでも動くと果ててしまいそうなので、深々と押し込んだままじっとして志保の温もりと感触を味わっていた。

しかし志保の方が、下からズンズンと股間を突き上げてきたのだ。十八ともなれば、痛みより欲望と好奇心の方が強いのだろう。

その動きに合わせ、次第に俊介も腰を突き動かしはじめた。すると、柔襞のこすれる最高の快感に、彼はあっという間に昇りつめてしまった。

「ああッ……、志保さん……！」

口走り、ありったけのザーメンを噴出させた。志保も、それを受け止めるように肌を波打たせ、やがて俊介は全て出し尽くして動きを止めた……。

4

「母屋の方は、もう起きているみたいね……」

志保が言う。

まだ外は暗いが、どこかで飼っているらしい鶏の声に、二人は目を覚ましたのだった。昨夜は二人で初体験を終えた後、全裸で抱き合って眠ったのだ。

やはり、夢ではなかったようだ。目を覚ましても、ここは試衛館の離れ、沖田総司の部屋なのである。

「じゃ、僕たちも起きましょう」

俊介は言い、うっすらと明るみはじめている空の光を頼りに、手探りで稽古着と袴を着けた。そして志保にも、乾いた下着と道着を渡してやる。

確かに江戸の人は行灯の油の節約のため、夜は早く寝るから、夜明け前には起きているのだろう。

　と、鐘の音が七つ聞こえてきた。

「七ツというのは、午前四時頃かしら。お江戸日本橋七ツ発ち、って歌があったでしょう。旅の早出の時間だわ、確か」

　志保が身繕いしながら言う。しばらくするうちに、空がだんだん明るくなり、母屋の物音や外の通りからの足音が頻繁になってくる。

　そして曙光《しょこう》が射しはじめる頃、

「起きていますか」

　襖《ふすま》の外から沖田の声がした。

　返事をすると、彼が入ってきて手拭いと小さな枝を渡してくれた。

「もし具合も良いようでしたら、顔を洗ってから厨《くりや》の方へ来てください」

　沖田は言い、すぐに引きあげていった。

「これは、房楊枝《ふさようじ》というものね。江戸時代の歯ブラシだわ」

　志保が言い、二人で一緒に井戸端に出て歯を磨き、顔を洗った。

　房楊枝は柳の枝の先がつぶれて房状になっており、今のように横ではなく、柄を縦に持って歯を磨く。最初は慣れなかったが、使わないわけにいかないので二人とも念入りに磨いた。

そして厨に行くと、もう多くの食客（居候）たちが朝餉《あさげ》を囲んでいた。

近藤勇に沖田総司。甲斐甲斐しく飯を盛っているのが、近藤の妻ツネであろう。面長で眉を剃り、お歯黒を塗っている。この時代で初めて見る女性だが、美人とも不美人ともつかぬ、何とも言えない不思議な印象だった。

そして昨日顔を合わせなかった者たちを、沖田が紹介してくれた。

むっつりした色白の美男子が土方歳三《ひじかたとしぞう》。大柄で精悍な顔をしたのが原田左之助《はらださのすけ》。色黒だが柔和な顔をした井上源三郎《いのうえげんざぶろう》。他にも、山南敬助《やまなみけいすけ》、永倉新八《ながくらしんぱち》、藤堂平助《とうどうへいすけ》と、顔と名を言われるたび、知識のある志保は顔を輝かせていた。

確かに、歴史上の人物と会っているのだから、その興奮は計り知れないだろう。みな根性の座った面構えで、精気が滲み出ているようだ。平成では、どんな厳しい道場に行っても、このような顔立ちの男には会えないだろう。

朝食は、やはり麦飯に漬け物、金平牛蒡《きんぴらごぼう》に味噌汁だった。

「なんと、良い着物を着ているなあ」

先に食事を終えた井上が立ち上がり、二人の道着や袴をつまんだ。近藤、土方と同じ年配だろうに、腰を屈めてやけに老成した印象を受ける。

「これは柔らかくて動きやすそうだ。何でできているのかね」

「テトロン……、いや、鎌倉の方で作る特殊な繊維らしいです」

俊介が袴を指して答えると、井上はふうんと珍しげに頷き、そのまま二人に茶を入れてくれた。

「あの、私は昨日倒れて、どうも記憶が薄れているようなのですが……」

志保が、井上に言った。

「キオクって何だね？」

「その、ひどい物忘れをしてしまいまして、今は千九百、いえ、何年でしょうか」

「何年？　なんだっけ、壬《みずのえ》の戌年《いぬどし》ってのは分かるが」

井上が言うと、山南が答えた。

「文久二年だが、そんなことまで忘れているのかね」

「はい、すみません。で、井伊直弼《いいなおすけ》大老が桜田門外で殺されたのは」

志保が訊くと、土方がじろりとこちらを見た。構わず、山南が答えてくれる。

「一昨年の三月のことだ」

「そうですか、わかりました」

志保は頷き、二人は朝食を終えた。そして礼を言い、離れに引き上げてきた。

「何か分かりましたか」

「ええ、この試衛館の面々が京に上るのは、来年の二月のことだわ」

「そう、ではまだ内乱にはならないですね」

「でも、今年は確かコレラが流行ったり、横浜で生麦事件が起きたりするはずだわ」

志保は言い、歴史の生き証人になれる興奮と不安で複雑な表情をした。

「で、どうしましょう。歴史には関わっていけないだろうし、いつまでもここに居候するわけにもいきません」

「でも、鎌倉に戻っても家はないし……、ご先祖ぐらいいるでしょうけれど」

二人で今後のことを相談していると、母屋の方から竹刀《しない》の交わる音が聞こえてきた。どうやら食客たちが稽古をはじめたようだ。

「行ってみましょう」

剣道のことになると志保は諸々の心配を吹き飛ばしたように顔を輝かせ、すぐに立ち上がった。

俊介も仕方なく母屋へ戻り、音のする方を探して廊下を進んだ。すると、教室の半分ほどの板の間の部屋があり、そこで皆は稽古していた。平成の道場と違って狭いので、せいぜい三組ほどが稽古できる程度だ。

それでも武者窓《むしゃまど》があり、上座には何と書いてあるのか読めない掛け軸と神棚が飾られ、近藤勇と周斎老人が端座して稽古ぶりを眺めていた。

「これは……」

俊介は目を見張った。確かに竹刀を振るう勢いは激しい。だが一直線で、動きが単調である。まだあまり体格の向上していない時代で、重い刀を振るうから、このように重心を低くした鈍重な構えになるのだろう。

「何だか、私の方が強いかもしれない……。この頃の人はおそらく基本練習などあまりしないし、竹刀を刀の代用品としているから、それほど素早い動きは必要ないのではないかしら」

志保も、同じ感想のようだった。

北辰一刀流の免許皆伝といわれる山南が、やはり同門の藤堂と稽古しているが、それさえ現代剣道の動きよりはずっと遅い感じがした。

この時代は試合に勝つための細かな技よりも、身体ごと敵にぶつかっていく気概の方が重視されているのだろう。

と、そのとき道場の玄関から訪ねてきた者がいた。防具を担いだ、見目麗《みめうるわ》しい女性である。井上が応対に出て何か喋っているが、彼は困り果てているようだ。

その様子に、他のものも稽古をやめて玄関を見た。

「だから、男の道場破りなら相手をしますが、女はお断わりなのです」

「いいえ、どうか一手ご指南を」

井上の言葉にも、女性は頑として引き返す様子はない。十五、六歳だろうか。志保のように長い髪を後ろで束ねているだけだが、その男装の武者姿が何とも格好良く決まっていた。

「とにかく、女を相手にするわけに参りませんので」

井上が重ねて言ったが、その時、女性が志保の方を見た。すると志保も、

「私でよろしければ、お相手して構いませんでしょうか」

立ち上がって、許可を求めるように近藤に言っていた。

5

「甲源一刀流、池野和香《いけのわか》と申します」

自分の面小手を着け、竹刀を持って立ち上がった道場破りの美少女、和香が志保に対峙《たいじ》して言った。

「湘南鎌倉流、加納志保です」

志保も言い、試衛館で借りた防具を着けて礼をした。

もちろん現代の防具とは違い、胴は竹を並べて作ったものだし、面小手も粗悪な布を重ねて縫い付けたものである。竹刀の作りは現代に近いが、それでも長さは刀に近づけるためか、かなり短いものだった。

「いざ」

和香が正眼に構え、一歩踏み出した。志保も背筋を伸ばして構える。その姿を、試衛館の面々は興味深げに見守っていた。

志保は様子を見るため、注意深く間合いを詰めながら竹刀の先を上下に震わせた。しかも爪先立って前後にジャンプするようなフェイントに、和香はかなり戸惑っているようだった。

「きえーッッ……!」

やがて焦れたように和香が気合を発して竹刀を振るってきた。

だが、見ている俊介からも、それが単調な振り下ろしに思えた。やはり当時の人は、間合いが狭まれば刀を振り上げて下ろし、一撃必殺で向かっていくのが主流の攻撃なのだった。

「エエーイ……！」

志保も負けずに声を上げ、斜めに飛んで面打ちを一閃《いっせん》させた。面抜き面。相手があまりに正直にまっすぐ来るので、慣れた志保は造作もなく避けて右横から相手の面を強打していたのだ。

「おっ……！」

見ていた面々から感嘆の声が洩れる。

「まだまだッ！」

和香が竹刀を構え直し、今度は遮二無二《しゃにむに》向かってきた。志保はそれらの攻撃をことごとくかわし、和香の面小手胴に竹刀を炸裂させていた。技も、小手抜き面、抜き胴、擦り上げ面、現代では常識の技が面白いように決まった。

やはり当時の稽古は単調な素振りが主なので、相手の来る角度に応じて反撃するという発想が確立されていないのかもしれない。

そのてん志保は小学生の頃から剣道をはじめ、クラブ活動と道場の両方で基本練習や多くの技を叩き込まれているのである。

それはまるで、犬かきしか知らぬ相手とクロールで勝負するようなものだった。

もちろん、これは竹刀同士だから言えることで、真剣となるとこうはいかないだろう。志保の技は、あくまで試合で一本取るためのものであり、一撃で絶命させる種類のものではないのだ。

さらに志保は上段に取り、左手一本で竹刀を伸ばし、和香の面や小手をポンポンと打ちすえた。

「ま、参りました……！」

あまりに素早い志保の動きと攻撃に目が回ったか、とうとう和香は膝を突いて座り込み、竹刀を下ろして言った。結局、和香の竹刀は一度も志保に触れるどころか、かすりもしなかったのだ。

「それまで」

周斎が声をかけ、志保は一礼して竹刀を納めた。見ていた面々は驚きに声もなく、

「なんとまあ……、強いおなごだ……」

井上源三郎の呟きで、ようやく一同の緊張が解けた。

手早く防具を脱いだ志保は、心地好さげに息を弾ませていた。

そして、まだ面を脱ぐ気力もなく座り込んでいる和香に近づき、その面紐を解いてやった。

「良いお稽古ができました。有難うございました」

志保が面を脱がせながら言うと、和香はまだ肩で息をし、恐れと尊敬の眼差しで志保を見上げた。

「わ、私こそ、有難うございました。私は強いと増長し、女だてらに道場破りをと思っていましたが、同じ女の貴方様に打ちのめされ、恥ずかしさでいっぱいです……」

和香は涙ぐみ、座り直して頭を下げた。

「そんなことありません。果敢に戦われたのですから」

志保は、自分より二つ三つ下であろう美少女を労《いたわ》るように言った。切れ長の目に、ぷっくりした唇が愛らしい、平成であれば間違いなくアイドルになれる可憐な顔立ちをしていた。

「お願いがあります。うちの道場にお越し頂き、先ほどの不思議な技を一手なりともご教授願えませんでしょうか。お部屋を用意いたしますので、何日なりとご滞在を」

和香が必死の面持ちで言う。

「そ、それは私も、いつまでもここにお世話になるわけにもいきませんし……」

志保は意見を求めるように俊介を見た。

「どうか是非にも！　ご師範、構いませんでしょう！」

和香は近藤に向かって懇願した。

「ええ、池野道場は確か千駄ヶ谷ですな。ここからも遠くない。それに志保どのの身体も良くなったようだから、お二人さえよろしければ」

近藤が答えた。

「お二人とは？」

「供の俊介が一緒ですので」

「ならばお二人で、どうかお越しくださいませ」

和香が言い、結局二人は試衛館の面々に厚く礼を言い、和香の案内で千駄ヶ谷に赴くこととなってしまった。

道々、志保は自分らが旅の者だと簡単に説明した。和香は志保に対し大変な懐きようで、まるで姉のように慕いはじめているようだった。

「そうですか、お荷物を盗まれたのですね。では、私の着物を差し上げます。お着替えも必要でしょうし」

「どうも有難う。でも和香さん、私たちは急に姿を消すことがあるかもしれません。ご挨拶の余裕もない場合は、どうかお許しくださいね」

志保は注意深く言った。

この時代に来られたのだから、また何かの拍子に平成に戻れるかもしれない。その時のため、前もって言っておいたのだった。

「まあ！　急に、ですか。もしかしてお二人は、お上の御用で市中の探索を……」

和香が目を丸くして言い、すぐに口をつぐんだ。どことなく志保と俊介が、自分とは違う世界の住人という雰囲気を感じているのだろう。だがそれも、幕府隠密というあたりが和香の想像の限界だったようだ。

二人は否定も肯定もせず、やがて千駄ヶ谷にある池野道場に着いた。

大きな屋敷だが、道場からは甲高い気合と竹刀の交わる乾いた音が響いていた。

先に道場に顔を出すと、

「お帰りなさいまし。和香さま、ご首尾は」

日本髪に鉢巻きをした女性が、汗ばんだ顔を輝かせながら言った。

「大敗です。この志保さまに手ひどくやられました」

和香が笑って答えると、

「そんな……、江戸に、和香さまよりお強い女の方が……？」

女性は目を丸くし、まじまじと志保を見た。

「とにかく中へ」

和香が二人を案内した。

道場は、何と全員が女性。どうやらここは女子のための剣術道場のようだった。荒っぽい道場の雰囲気は好きになれない俊介も、女性ばかりとなると、漂う甘ったるいフェロモンにもやもやと良い気分になってきてしまった。

「ここが私の部屋です。俊介どのはお隣をお使いください。では着物を」

和香が、厠《かわや》や厨などを案内しながら、奥にある自分の部屋に招いて言い、志保のための着物や襦袢《じゅばん》、帯や足袋などを出してきてくれた。

部屋は八畳ほどで縁側は中庭に面し、箪笥《たんす》や手鏡、化粧道具や裁縫箱などがある、時代は変わっても、いかにも若い女性の部屋という雰囲気だった。

襖一枚隔てた隣室は行灯以外何も置かれていない四畳半、従者ということで俊介にはこの狭い部屋があてがわれた。

「父のものですが」

和香は、俊介にも浴衣を一枚貸してくれた。

池野家は両親と和香の三人に、住み込みの女中が何人かいるだけのようだった。

やがて昼食を済ませると、志保は和香とともに道場に行き、みなに紹介されてから稽古をした。

さすがに志保は教え方もうまく、下級生を扱うように江戸の若い女性たちに剣道の技を伝授していた。

俊介は道場で稽古ぶりを見学するだけだが、室内に籠もる女たちの熱気と甘い匂いに股間が疼いて仕方がなかった。

稽古を終えると、志保と和香は裏庭の井戸端でよしずを立てかけて目隠しとし、一緒に行水をした。

内風呂はあるようだが火事を恐れ、また薪の節約のため滅多に沸かさず、通常は何日かに一度湯屋に行くか、あるいは夏場はこうして水を浴びるだけですませているようだった。

夕餉《ゆうげ》のときに和香の両親に紹介されたが、みな二人の滞在を歓迎してくれた。

そして日が落ちると、志保と和香は部屋に引っ込み、俊介は隣室からそっと二人の様子を覗き見た。

第二章　武家娘の胸元

1

「ねえ、お願いがあります。二人きりのときは、姉上さまと呼んで構いませんか」

和香が、志保に抱きつき、腕枕してもらいながら甘えるように囁いた。

布団は二つ並べられていたが、和香が志保の方に移動してきてしまったのだ。

「え、ええ……、構いませんけれど……」

志保は、少々戸惑いながらも拒まずに頷《うなず》いた。

こっそりと襖の隙間から覗いている俊介は、その妖しく艶めかしい雰囲気に激しく勃起してきた。うっすらとした行灯の光と、斜めに射す月光が二人の姿を浮かび上がらせている。

二人は、どちらも薄物の襦袢一枚だ。

長身で颯爽とした志保は、下級生の女子からも多く慕われ、中にはレズっ気のある子まで惹き寄せる魅力を持っていたようだから、和香も同じ気持ちを抱いているのかもしれない。

「姉上さまのお乳、柔らかい……」

「和香さんも、ずいぶん大きいわ……」

二人は囁き合い、どうやら胸元を広げてオッパイをいじり合っているようだった。

「どうか、和香って呼んでくださいな……」

「和香」

「ああ……、何だか夢のようです……」

和香は息を弾ませながら、とうとう志保の乳首に吸い付いてしまったようだった。

「あん……、いけないわ、そんな……」

「お願いです。少しの間だけ、私の好きにさせてくださいませ……」

志保が身を硬くするのを、和香は強引にのしかかって顔を埋めた。しかも自分の身体や脚を強くこすりつけるものだから、二人の裾が割れてムッチリとした脚が付け根まで丸出しになった。

俊介は、思わずゴクリと生唾を飲んだ。和香の脚も、志保と同じぐらい健康的に引き締まり、実に滑らかそうだった。

「姉上さま、どうか私のお乳も……」

和香が、自分のはだけた胸を志保の顔に突き出した。

何とも、それは志保以上に見事な膨らみではないか。十五、六歳でも充分すぎるほど発育しているようだ。

志保もチュッと含み、強く吸いつきはじめていた。妖しい雰囲気と超現実的な出来事の中で、少々のことにはためらわなくなっているのかもしれない。

「ああン……、気持ちいい……」

和香が顔をのけぞらせて喘ぎ、もう片方も押し付けていった。

志保もいつしか激しく和香を抱きすくめ、次第に息を弾ませて愛撫しはじめた。

やがて二人は、若々しい張りと弾力を持つオッパイを、互いに密着させてこすり合わせながら、どちらからともなく唇を重ねていた。

「ンンッ……！」

和香が呻き、おそらく舌がからみ合っているのだろう。二人の熱い息が混じり合い、女同士のディープキスが息づまるほど延々と続いた。

ようやく離れると、まるで和香はオルガスムスに達してしまったかのようにグッタリとなり、なおも肌を密着して添い寝していた。

「ねえ、姉上さまは、もう男の方をご存じなの……？」

「ええ……」

志保が小さく頷く。

「まさか、あの俊介どの？」

「なぜ分かります」

「何となくそんな気が……。ただの従者ではないと思っておりました」

「弟のように、可愛い子です」

「ならば、私にとっても兄のようなものですね。私も俊介どのを相手に、同じようなことをしてみたい……」

和香が言い、覗いていた俊介はドキリとした。

この時代の、これほどの美少女に触れられるとしたら、こんな幸運はなかった。実際は和香は、百四十年以上前の女性、俊介の曾《ひい》々々婆さんぐらいだろうが、目の前にいるのは十五、六のきりりとした美少女だ。

この時代は、まだ恋人とかセフレなどという概念がないので、許嫁《いいなずけ》以外の関係はみな兄弟姉妹という感覚で見るのだろう。

「俊、まだ起きている？」

志保が声をかけてきた。どうやら、志保は俊介を和香に提供するつもりらしい。志保は俊介に対し、恋愛とか独占欲ではなく、あるいはペットを貸し出すぐらいの気持ちでいるのだろう。

この時代へ来てしまった混乱を解消するため、より多くの快楽を得て気を紛らそうとしているのかもしれない。

「は、はい……」

俊介は、襖の位置からそっと布団に戻ってから小さく答えた。

「来て」

言われて、俊介は浴衣姿で恐る恐る襖を開けて隣室に入った。

すでに室内は女二人の甘ったるいフェロモンが充満し、二人も帯を解いて襦袢を脱ぎはじめていた。

まだ生娘らしい和香は、かなり恥ずかしいだろうが、志保も一緒だし部屋も薄暗いので全裸になってしまった。

「さあ脱いで。私にしたようなこと、和香さんにもしてあげて」

志保が言うと、急激な心の準備に和香がおののくように、添い寝している志保にシッカリとしがみついた。

俊介は、すでに二人が全裸なのでためらわず、自分も帯を解いて浴衣を脱ぎ去り、一糸まとわぬ姿になった。そして二人の上半身が抱き合っているため、こちらに投げ出されている足に、まず屈み込んでいった。

和香の爪先に鼻を押し当てると、夕方行水をしたせいか、匂いはほんの僅かしか感じられなかった。

そのまま足裏を舐め、爪先にしゃぶりつくと、

「ヒイッ……！」

和香が息を呑み、予想を遥かに超える反応でビクッと足を引っ込めようとした。

俊介は構わずに足首を摑み、指を吸いながら順々に舌を割り込ませた。

「い、いけません……、殿方がそのようなこと……、まして姉上さまの大切な方が足を舐めるなど……」

和香は声を震わせ、必死に志保にしがみつきながら言った。

俊介はもがく足を押さえつけながら、両足とも舐め尽くし、やがて和香の股間へと顔を潜り込ませていった。

手入れしているわけでもないだろうが、脚は脱毛しているようにスベスベで、しかし太腿は引き締まって硬い弾力を伝えてきた。内腿の間に顔を進めると、薄明かりの中で和香の股間が迫った。

滑らかな肌が下腹から股間に続き、恥毛はかなり濃い方で、ワレメからは綺麗な花びらがはみ出していた。

顔を寄せ、若草に鼻を埋め込むと、ふんわりとした磯の香りに似た体臭が鼻腔を刺激してきた。

これが和香の匂いなのだろう。

行水したとは言え、志保と一緒に浴びていたから、恥ずかしくてあまり股間は念入りに洗わなかったのかもしれない。

ワレメに舌を這わせ、陰唇の内側に差し入れていくと、トロリとした熱い蜜が舌を濡らした。

「な、何をなさいます……！　そんな獣のようなこと……！」

「大丈夫よ。みんな必ずすることなの」

「でも……、アアッ！」

志保が宥《なだ》めるように囁くが、和香の常識からは考えられないのだろう。

俊介は和香の匂いで鼻腔を満たしながら、溢れる蜜をすすり、小さめのクリトリスを舐め上げた。

「あ……、そこ……！」

和香がギュッと内腿を締めつけ、顔をのけぞらせて喘いだ。武芸に身を捧げている和香は、快楽など排除し、自分でいじるようなことはしないのだろうか。その反応は志保より段違いに激しく、早くも絶頂に達してしまいそうなほどガクガクと全身を波打たせはじめた。

さらに俊介は、志保にもしたように彼女の両足を抱え、お尻の谷間にも舌を這わせていった。

暗いのでよく見えないが、細かな襞の蠢きは、志保と同じように可憐だった。しかし刺激臭はなく、ほんのりと汗の匂いが感じられるだけだ。

「ど、どうして、そんなことを……！」

和香は声を上ずらせ、もう何が何だか分からないように狂おしく悶えた。

俊介はお尻の穴からワレメに戻り、隣にいる志保のワレメにも舌を這わせ、それぞれの味と匂いを楽しみながら、やがて待ちきれなくなって身を起こしていった。

2

激しく勃起しているペニスの先端を、ヌレヌレになっている和香のワレメに押し当てた。もう昨日体験しているので、それほど位置に迷うこともなく、やがてゆっくりと挿入することができた。

ぬるりと潜り込むと、

「アアッ……！」

和香が志保の胸に顔を埋めて喘いだ。

「大丈夫よ。痛みは最初だけだから」

志保が和香の耳に口を当てて囁き、優しくオッパイを揉んでやっていた。

俊介は根元まで押し込み、熱いほどの温もりときつい感触を味わいながら身を重ねていった。

まさか、二日続けて二人の処女を相手にするとは夢にも思わなかったことだ。まして今夜の相手は幕末の武家娘なのである。

俊介はまだ動かず、深々と押し込みながら屈み込んで和香の両の乳首を交互に吸った。うっすらと肌の匂いに混じり、志保の唾液の香りがする。

乳首は何とも綺麗な薄桃色で、舌で弾くように舐めるとコリコリとした硬い抵抗があった。

充分に味わってから伸び上がり、今度は和香に唇を重ねた。牡丹の花びらのように、ぽってりとした肉厚の唇は和香の大きな魅力の一つだった。

「んんッ……！」

和香が熱い息で呻き、添い寝している志保と、のしかかっている俊介の両方にしがみついてきた。

舌を差し入れると、すぐにも和香は強く吸い付いた。

彼女の湿り気ある吐息は、志保よりも甘酸っぱい匂いが濃く、それが激しく俊介の股間に響いてきた。食生活の違いだろうか、それは大自然の野山に実る新鮮な果実臭だった。

口の中は温かな唾液にタップリと濡れ、うっすらと甘い味がした。

俊介は少しずつ腰を突き動かしはじめ、肉襞の摩擦快感に酔い痴れた。狭いが、潤滑油が豊富なため動きは滑らかだった。

「ああン……！」

唇を離し、和香が熱く喘ぎはじめた。

「姉上さま……、もっと強く抱いて……」

和香が、俊介ではなく横の志保に言うと、志保もすぐに強く抱き締め、処女を失った妹分をいたわるように髪を撫でた。

たちまち俊介は快感が高まり、もう相手を気遣う余裕もなくなってズンズンとリズミカルに律動を開始してしまった。濡れた柔肉がピチャクチャと淫らに鳴り、俊介はいくらも動かぬうち、あっという間にオルガスムスに達してしまった。

無理もない。オナニーに明け暮れていた日々を送っていたのが、憧れの志保を相手にセックスを覚えたばかりなのだ。

「く……！」

呻き、俊介は宙に舞うような快感の中、ドクンドクンとありったけのザーメンを和香の内部に噴出させた。

しかし和香の方は、破瓜《はか》の痛みに麻痺して快感どころではないようだ。まして内部の噴出を感じ取ることもなく、ただ奥歯を嚙み締めてじっとしているだけだった。

最後まで出しきった俊介は、満足して動きを止め、和香に口づけしたまま彼女の吐息で胸を満たし、うっとりと快感の余韻に浸った。

やがて引き抜くと、和香はほんの少しだけ出血していた。

それを志保が懐紙《ふところがみ》で拭いはじめたので、俊介は任せて仰向けになった。

「痛い？　でもきっと、しているうちに良くなると思うわ。私も、まだよくは知らないのだけれど」

「大丈夫です……。それより、どのようなものが私の中に……」

さすがに気丈らしい和香はすぐにも身を起こし、仰向けになった俊介の股間に好奇の視線を這わせてきた。

志保も一緒になって、二人で左右から俊介のペニスに顔を寄せた。

「これが入ったの。柔らかいけれど……」

「今は済んだばかりだからこうなっているけれど、またすぐに大きく硬くなるわ」

志保が説明する。

「この白いものが、子種を含んだ精汁ですか」

「精汁？　そう、ザーメンね。これを出すときに、男は最高に気持ち良くなるらしいの。でも一度出すと、少しの間は動けなくなるみたい」

美少女二人が、自分の股間で顔を突き合わせ、ひそひそと囁き合っている。しかも話題は自分のペニスのことなのだ。

その興奮と秘めやかな雰囲気に、またすぐにも俊介はムクムクと回復してきそうになってしまった。

「これが、金的といわれる男の急所なのね」

和香が、そっと陰嚢に触れ、二つの睾丸を確認するようにいじった。

さらに半萎えのペニスにもそっと指を這わせてくる。

「変な匂い……」

「でも、飲んでも毒じゃないのよ」

和香が、まだザーメンに濡れている亀頭に鼻を寄せて言うと、志保も息がかかるほど顔を迫らせて答えた。

そして志保が先に、ちろりと尿道口を舐めた。

「う……」

その微妙な刺激に、俊介はピクンとペニスを震わせて呻いた。

志保の舌は、次第にチロチロと亀頭全体を舐めはじめ、ザーメンと和香の愛液の混じったヌメリを拭い取った。

和香も、志保の行為に誘われるように舌を伸ばし、やがて二人で鼻を付き合わせるようにしゃぶりはじめた。

「ああ……」

俊介は激しい快感に喘ぎ、急激に回復していった。

「本当、大きくなってきた……」

和香が呟き、さらに大胆に舐め回してきた。

混じり合った二人の息が股間に籠もり、二枚の柔らかな舌がペニスを這いまわっている。陰嚢にも二人はしゃぶりついて、睾丸を一つずつ舌で転がしたり、交互に尿道口を舐めたりした。

たちまちペニス全体は、二人のミックスされた唾液に温かくまみれ、ピンピンに張り詰めてしまった。

「こんな大きなものが入ったの……、信じられないわ……」

あらためて、和香が驚いたように言う。

「じゃ、もっと一緒に舐めて、出るところを見てみる？」

志保が言うので、俊介はもう少し楽しみたく、二人の手を握って上に引き寄せた。

「少しだけ、こうして……」

仰向けのまま俊介は言い、二人の顔を左右から抱き寄せて同時に唇を重ねてもらった。それぞれに柔らかな感触の唇が密着し、混じり合った甘酸っぱい吐息に鼻腔を満たされて、俊介はうっとりと酔い痴れた。

「ツバをいっぱい出して。飲んでみたい……」

恥ずかしいのを我慢して要求すると、先に志保が、続いて和香がクチュッと生温かな唾液を注ぎ込んでくれた。

俊介は、そのミックスシロップをじっくり味わいながら飲み、甘美な悦びで胸を満たしながら、さらに二人と舌をからめた。

俊介は高まりながら、顔中も二人に舐めてもらい、唾液にまみれながら悶えた。

「もういい？　じゃ出すところを見せてあげてね」

志保が囁くと、俊介は仰向けのまま和香に顔を跨いでもらい、女上位のシックスナインになった。

「ああッ……、姉上さまの大切な方の顔を跨ぐなんて……」

和香はかなり抵抗があったようだが、俊介は下からシッカリと抱え込んでしまった。もう出血も止まり、全て吸収されてしまったようにザーメンのヌメリも匂いもなくなっていた。

むしろ新たな愛液が溢れだし、舌を這わせると心地好い潤いが伝わってきた。

「ク……ンン……」

ペニスを含んだ和香が、クリトリスを舐められて呻いた。俊介の股間に陣取った志保も、彼の肛門や陰嚢《いんのう》に舌を這わせ、二人がかりで股間を刺激してくれている。

やがて二人が同時にペロペロと亀頭をしゃぶりはじめると、もう堪らずに俊介は激しい快感に全身を貫かれてしまった。

「あ……、いく……！」

思わず口走ると、二度目とも思えない大量のザーメンが、勢いよく噴出した。

「あン……！」

第一撃は、ちょうどしゃぶっていた和香の喉の奥に飛び込み、驚いて口を離すと、余りが二人の顔中にドクンドクンと飛び散った。

志保が構わず舐め続けると、和香も一緒になって舌を這わせた。口に入った分は飲み込んでしまったようだった。

俊介は最高の快感の中、最後の一滴まで絞り出し、すぐ鼻先で息づいている和香のワレメと肛門を見上げながら、うっとりと余韻に浸り込んだ……。

3

「これから、どうなるのかしら……」

志保が、自分の道着を身に着けながら言う。和香が貸してくれた着物もあるのだが、一人では帯も結べないし、いつ急に現代に戻れるかも分からないので、自分のものを身に着けることにしたのだ。

明け方である。

和香はすでに起きて厨に行き、朝餉の支度をしているようだ。

「キスした途端に過去に戻ったのに、そのあと何度しても変化はないよね」

「何かの波があるのかも。もう一度、してみましょうか」

志保が言い、顔を寄せてきた。

俊介も彼女を抱き、そっと唇を重ねた。すっかり慣れ親しんだ感触と匂いを味わいながら、舌を伸ばしてからめはじめた。

（う……！）

その瞬間、また俊介は目眩を起こし、視界が真っ暗になってしまった……。

――どれぐらい経ったのだろう。

気がつくと、傍らに志保が倒れている。

座敷の中だ。どこかで見たような部屋だが、和香の家ではない。

「志保さん……、起きて……」

俊介が声をかけて揺り起こすと、すぐに彼女も目を開けて起き上がった。

「どこ、ここは……。寒いわ……」

確かに底冷えする寒さだ。二人とも道着一枚きりである。

「ひょっとして、試衛館の沖田さんの離れ……」

「そうだわ。間違いないわ。単に、場所を移動しただけなのかしら……」

とにかく二人は寒さに身を縮め、母屋の方へ行ってみた。すでに外は明るくなっているが、試衛館の中には誰もいなかった。

「どうしたのかしら……」

「外で、大勢の声が……」

二人は囁き合い、外に出てみた。

すると表の通りで、近藤勇や土方歳三、沖田総司や井上源三郎、山南、藤堂、原田、永倉など試衛館の面々八人が旅仕度をして出立するところだった。周斎やツネ、近所の人たちも多く見送りに出ている。

「おや、あなたたちは」

沖田が気づいて、すぐに駆け寄ってきた。

「お見送りに来てくれたのですか」

笑顔で言う。まさか、二人が自分の部屋から出てきたとも思わず、近所から来てくれたとでも思ったようだった。

「それにしても、今までどちらに行かれていたのです。池野道場の和香さんも心配していましたよ」

「す、すみません。急用で……」

俊介は警戒しながら答えた。しかし沖田は気にもしていないようだ。

「では、行ってきます。お二人ともお元気で」

沖田は言い、すでに歩きはじめている一行に追いついていった。

「すると、京へ旅立つ日なら、確か文久三年の二月……」

志保が言う。寒いわけだ。してみると二人は、一瞬にして半年余りの時間を飛んだことになる。

「姉……、志保さま……」

と、和香が声をかけてきた。どうやら彼女も、試衛館の面々の旅立ちを見送りに来ていたようだった。

「一体どちらへ……、いいえ、お聞き致しません。またお目にかかれて嬉しうございます。もしお時間があるのならば、また家へ」

和香は今も、二人を密命を帯びた公儀の手のものとでも思い込んでいるようだ。そして志保の手を引き、強引に池野道場へ引っ張っていってしまった。

（やれやれ、さっきまで居た部屋に戻るわけか……）

俊介は思ったが、どちらにしろ今のままでは寒いので何か下に着るものを借りたいところだった。

道々、和香に話を聞いた。

あれから半年あまりのあいだ和香は、急に姿を消した二人がまた試衛館でも訪ねてくるのではないかと思ったらしく、何度となく足を運び、今ではすっかり面々とも親しくなっているようだった。

やがて和香の家に着き、ついさっきまでいた部屋に通された。半年では変わりようもないが、火鉢が置かれている。

そこで襦袢と足袋と羽織を借り、昼餉を振る舞われた。

いつ会っても着の身着のままなので、そろそろ和香も不審に思いはじめているかもしれないが、彼女は二人と再会できた嬉しさの方が大きいようだった。

「実は私、明日にも京へ向かおうかと思っております。女の身ですが、この腕を生かして少しでもお役に立ちたいと思いまして」

和香が言った。

道場の女子数名も行動を共にするようだ。浪士隊には女は加われないので、試衛館の面々とは同行できなかったが、とにかく独自に結成した女武者隊で彼らを支援しようというつもりらしい。

「では、池野道場を閉めるおつもりですか」

「はい。父の許しも出ましたので」

「もしかして和香さん、どなたかがお好きなのでは。例えば沖田さんとか」

「まあ……！」

志保の言葉に、和香の頬がみるみる染まっていった。

さすがに女同士は勘が良いようで図星だったらしい。和香は、この半年あまり試衛館に出入りするうち、強く優しく見目麗しい沖田総司にすっかり心を奪われてしまったようだった。

　確かに、お似合いの二人かもしれない。

（だが、待てよ……。確か沖田総司は二十代半ばで、肺病で死んでしまうのではなかったっけ……）

　俊介は思った。志保もそれを思ってか、複雑な表情をしている。

「姉上さまは、何でもお見通しなのですね……」

　和香は袂で顔を隠し、何とも優雅な恥じらいの仕草で言った。

　と、道場の方から竹刀の音が聞こえてきた。道場を閉めるというのなら、どうやら今日が最後の稽古なのだろう。

「お別れの前に、どうか一手お願い致します」

　和香が表情を引き締めて言うと、志保も頷いて立ち上がった。

　俊介もついてゆき、女の匂いの充満している道場に入った。志保はすぐにも防具を借りて、身仕度を整えはじめている。

「あの、俊介どの。差し支えなければこちらへ」

「はあ……」

　女子に声をかけられ、俊介は招かれるまま道場を出て別室に入った。稽古を始めようとしている志保と和香は、それには気づかなかったようだ。

そこは通いの門弟が着替えをしたり、お茶を飲んだりしてたむろする部屋らしい。ここには池野家の屋敷の人も来ることはないようだった。

俊介を呼び出した女性は二人。どちらもぽっちゃりした愛くるしい美少女で、雪《ゆき》と春《はる》と名乗った。

二人とも稽古を終えたばかりで額は汗ばみ、近くに寄っただけでふんわりと甘ったるい芳香を漂わせていた。

「実は、お願いがございます。私たちは明日、和香さまとともに京へ旅立ちます。京では、どのような不逞《ふてい》浪士と戦って、いつ命を落とすやも知れず、心残りのないようにしたいのです」

「はあ、心残りとは……」

「殿御の身体を知りたいのです。お稽古が終わるまで、ここには誰も参りません。どうか、私たちの願いを聞いてくださいませ」

言われて、俊介はゾクゾクと胸を震わせた。

二人は返事も待たず、二人がかりで俊介を仰向けに押し倒してきたのだった。

4

「うわ……！　わ、分かりましたから、どうか乱暴は……」

俊介は、獣と化したかのような美女たちの勢いに思わず言ったが、雪と春は彼の袴の前紐を解き、手早く脱がせはじめてしまった。

「まあ、何と可愛らしい」

「これが男の匂いなのですね……」

二人は俊介を全裸にし、すぐにも彼の股間に左右から顔を寄せてきた。そして物怖《ものお》じせず、勃起しはじめているペニスをつまみ、感触を確かめるようにニギニギし、陰嚢にも遠慮なく触れてきた。

「ほら、大きくなってきたわ。これが入るのね……」

「枕草紙《まくらぞうし》には、これをしゃぶる絵が描かれていたけど、できるかしら」

「やってみて、先に……」

俊介の股間で熱い息を弾ませながら、ヒソヒソと相談し合い、やがて気の強そうな春の方が先に舌を伸ばしてきた。

張り詰めた亀頭にチロッと舌先を這わせ、尿道口の粘液を舐め取り、さして不味《まず》くなかったかスッポリと呑み込んできた。

「ああ……」

俊介は、熱く濡れた口腔に含まれながら快感に喘いだ。

春が強く吸いながらスポンと口を離すと、今度は雪も恐る恐る屈み込んで喉の奥まで含んでくれた。

熱い息が恥毛をそよがせ、温もりも感触も微妙に違う口の中で俊介は高まった。

雪も内部でクチュクチュと舌を蠢かせ、陰嚢までしゃぶってきた。

「気持ちいいのね？」

春が添い寝するように俊介に顔を寄せ、ぴったりと唇を重ねてきた。すると雪もペニスから離れ、割り込むように唇を押し付け、三人で舌をからませはじめた。

「ンン……、なんて美味しい……」

二人は熱い息で囁きながら、かわるがわる俊介の舌を吸った。

どちらの吐息も杏《あんず》のように甘酸っぱい芳香が含まれ、適度な粘り気のある唾液が混じり合って心地好く俊介の喉を潤した。

三人での熱っぽいキスがようやく終わると、二人は稽古着の胸元を広げて、今度は俊介の顔に左右から豊かな乳房を押し付けてきた。和香と同年配の少女だろうに、色白の膨らみは何とも大きかった。

「吸って……」

言われて、俊介は左右から迫る巨乳に顔を寄せ、薄桃色の乳首を交互に吸った。

「あん、いい気持ち……」

「もっと強く……」

二人は喘ぎながら言い、俊介が窒息するほどグイグイと膨らみを顔に押し付けた。

甘ったるい汗の匂いに酔い痴れながら、俊介は必死に吸い付いて舌を這わせた。

「ネエ……俊介どの。私たちも舐めたのだから、どうかお返しに……」

気が済んだように胸を離した春が、さすがにモジモジと言った。

「い、いいですよ。顔を跨いでも……」

「まあ……、殿御の顔を跨ぐなんて……」

春は頬を真っ赤にさせて言ったが、やはり欲望と好奇心には勝てないように、微かに震える指先で袴を脱ぎはじめてしまった。

ここでも春が先に立ち上がり、がたがた震えながら俊介の顔に跨ってきた。

「ああ……、何だか、バチが当たりそう……」

言いながらも、トイレスタイルでしゃがみ込んできた。

ムッチリした健康的な脚がM字型に開かれ、ワレメが彼の鼻先に迫ってきた。

恥毛は濃い方で、ワレメからはみ出した陰唇もネットリと愛液に潤っていた。

俊介は彼女の腰を抱え込んで引き寄せ、ピッタリと鼻と口を密着させた。

「ああン……！　力が、抜けちゃう……」

春は言いながら、本当にギュッと体重をかけて座り込んできた。

恥毛にはふっくらとした汗とオシッコの匂いが充満し、吸い込んで鼻腔を刺激されるたびに屹立《きつりつ》したペニスがヒクヒクと震えた。

舌を這わせると、大量の蜜が溢れてきた。

柔肉をくちゅくちゅ舐め回し、クリトリスを舐め上げると、春は堪らずにクネクネと腰をよじらせた。

「な、何て、気持ちいい……」

春は感激に喘ぎ、座りながら自ら巨乳を揉みしだいた。

舐められる快感と同時に、男の顔を跨いでいるという禁断の状況が彼女を燃えさせているのだろう。武家に生まれ、おそらく一生に一度も体験しないことを、今しているのだ。

俊介は充分にクリトリスとワレメを舐め、さらに潜り込んでお尻の谷間にも舌を這わせた。微かな刺激臭が興奮を倍加させ、俊介は細かな襞を舐め回し、ヌルッと内部にも舌先を差し入れた。

「あう！　し、信じられない……、こんなことしてもらえるなんて……」

春が声を上ずらせて喘ぎ、キュッキュッと肛門を締めつけてきた。俊介の鼻を、ワレメから溢れた新たな愛液がトロトロと濡らしていた。

すると雪が、仰向けの俊介の股間に跨り、自分から処女の膣口に受け入れながら座り込んできた。屹立したペニスが、ヌルヌルッと一気に柔肉に潜り込み、熱い温もりと狭い感触が彼自身を包んだ。

「アアッ……、い、痛いわ……、これ嫌……」

好奇心からしてみたが、破瓜の激痛に耐えられなくなったらしく、すぐにも雪は腰を上げて引き抜いてしまった。

「どれ、交代よ……」

興味を覚えた春が腰を上げ、同じように女上位で挿入していった。彼女が座り込むと、ペニスは違った感触の柔肉に呑み込まれ、キュッときつく締め上げられた。

「あ……、い、痛いけれど、大丈夫……。温かくて気持ちいいわ……」

春の方は平気なようだった。

雪は俊介の顔を跨ぎ、やはり震えながらオドオドとしゃがみ込んできた。

俊介は同じように抱き寄せ、雪の股間を観察した。

その名のとおり、内腿は透けるように白く、恥毛は薄めだった。しかしワレメはヌラヌラとして愛液が大洪水になり、小ぶりの初々しい陰唇もベットリと濡れていた。

幸い、出血はしていない。

恥毛に鼻を埋めると、やはり汗と残尿の匂いが鼻腔を満たしてきた。そして、うっすらとチーズに似た匂いが感じられた。この時代の人は、この匂いをどのようにたとえるのか興味があった。

「ああッ……、いい気持ち……」

舌を這わせると、雪が喘ぎはじめた。一方で春も、深々と貫かれながら徐々に動きはじめていた。

俊介は雪の匂いに包まれ、生温かな愛液で喉を潤しながら急激に高まっていった。

肛門も舐め回すと、春に似た匂いが感じられ、俊介は下からも股間を突き上げながら必死で雪の股間を舐め回した。

「ああーッ……、何だか、身体が宙に……」

クリトリスを舐められるうち、たちまち雪はオルガスムスに達してしまったように喘ぎながら反り返った。

それを背後から春が抱き締め、巨乳を揉みながら腰を動かし続けた。

顔と股間にそれぞれ武家の美少女の体重を受けながら、とうとう俊介も限界に達し、大きな快感の津波に巻き込まれてしまった。

「う……、い、いく……！」

呻《うめ》きながら、俊介はドクンドクンと大量の熱いザーメンを春の柔肉の奥に放った。

雪は先に昇りつめ、力尽きて傍らに横たわってしまった。すると春が身を重ね、最後の一滴まで絞り取るように締めつけてきた。

「アア……、これが男なのね……」

春は感極まって呟き、ようやく力を抜いてグッタリと体重を預けた。

俊介も完全に出しきると、満足して動きを止め、身を投げ出した。

そして春と雪を抱き寄せながら、何度も三人で舌をからめ、かぐわしい甘酸っぱい匂いに包まれながら、うっとりと快感の余韻に浸るのだった。

5

「さあ、どうしましょう。試衛館の人たちもいないし、和香さんたちも明朝には旅立ってしまうわ」

和香との稽古を終えた志保は、和香の部屋に戻ってきて俊介に言った。

和香をはじめ、女子の門弟たちは道場に集まり、行くものと残るもの、最後の話をして名残を惜しんでいるようだ。

「僕らが過去に戻ってきたのには、何らかの意味があると思うんです。だから、最初から関わりがあった沖田さんや和香さんには、また会える気がするんですが」

俊介は、確信が持てないまま答えた。

「じゃ、また先の時代に飛ぶってこと……？」

「ええ、あるいは。だんだんと未来へ行くのなら、いつか帰れるでしょうけど。試してみましょう」

俊介は言い、志保を抱き寄せた。

二人が触れ合うと時間を飛ぶのだから、離れ離れになることはないだろう。第一、一緒でなければ心細くて仕方がない。

志保は、自分の持ち物である形用の大小の刀を腰に帯びた。

唇を重ねると、志保はうっとりと目を閉じ、舌を伸ばしてきた。雪と春のワレメを舐めた直後だが、志保は匂いで気づくこともなく、俊介もヌラヌラと舌をからみ合わせていった。

その瞬間、目眩に似た感覚が襲い、一瞬目の前が真っ暗になった。

(きた……！)

この感覚にも慣れ、俊介はようやく視界が戻ってくると注意深く周囲を見回した。

志保も今度は失神することもなく、ぼうっとした表情でノロノロと顔を上げた。

「どこ……」

「夜ですよ……。でもそんなに寒くない」

静かな町並みが続いている。軒下には屋号を記した行灯や提灯に灯がともっていた。

近くに水の流れる音が聞こえている。

俊介は志保の手を引き、とにかく通りから離れ、水の音の方へ向かった。河原でもあれば、そこから周囲の様子が見渡せると思ったのだ。

すると、その時である。

「おい！　何者だ！」

　鋭い声がし、路地からばらばらと男たちが出てきて二人の行く手を阻んだ。まだ抜刀していないが、みな刀の柄に手をやり、鯉口《こいぐち》を切っている。

　男たちは三人、揃いの羽織を着ていた。浅葱《あさぎ》色という薄い青の羽織で、袖だけ白く山型のダンダラに染め抜かれている。

　一目見て、何者か分かるコスチュームだった。

　年齢は、みな二十代前半なのだろうが、その顔は獣のように精悍で目が鋭かった。しかし、相手が新選組と分かると、俊介より志保の方が度胸が据わっていた。

「我々は江戸から沖田総司さんを訪ねてきたのです。屯所《とんしょ》までご案内頂けますか」

「なに……」

「ご不審ならば、これをお預けしましょう」

　志保は言い、大小の刀を鞘《さや》ぐるみ抜き取って、手近な隊士に渡した。

「お、お手前らは沖田隊長の何だというのか」

　連中は警戒を解かぬまでも、やや言葉遣いが変化している。帰隊してお目玉を食ってはいけないと思っているのだろう。

「試衛館の食客だった、加納と山川です。沖田さんの他、近藤局長や土方副長、井上さんや山南さんとも知り合いです」

「そ、それは……」

ようやく三人は刀の柄から手を離し、それでも一人は志保の大小を抱えたまま道案内をはじめた。

「ここは何というところですか。初めての京で日が暮れ、道に迷いました」

「は、鴨川のほとり、綾小路《あやのこうじ》通りというところです」

一人が説明し、歩いていると、また一人、新たなダンダラ羽織が現われた。

「どうした。その二人を連行するのか」

「あ、隊長……」

三人が姿勢を正した。どうやら連中の組頭のようだ。試衛館では見なかった、髭の剃り跡の濃いズングリした男だった。その男がジロリと二人に目をやる。見るからに、他の三人とは貫禄が違っていた。

「このお二人は、江戸から来たばかりの、局長や隊長たちの知り合いとか……」

「ふむ、お名前は」

男が視線を離さずに言う。

「加納志保と、こちらは山川俊介」

「ほう！　ひょっとして和香どのに稽古をつけたという」

「お聞きでしたか」

志保は笑みを浮かべた。やはり和香も、無事に京へ着いているらしい。

「ああ、語り草だ。私は三番隊の」

「斎藤一《さいとうはじめ》さんですね」

「な……」

先に名を言われ、斎藤は目を丸くした。新選組ファンの志保ならば、三番隊長と聞いただけですぐに分かるのだろう。

とにかく斎藤は一向を率いて壬生《みぶ》の屯所に戻った。志保が自分の名を知っているのも、和香からの手紙に書かれていたぐらいに思ったのだろう。

屯所は、壬生前川《まえかわ》邸の中にあった。庭の木立の葉が色づいている。

その大きな長屋門は、俊介もテレビなどで見た記憶があった。

「ということは、まだ屯所が西本願寺に移る前だから、元治《げんじ》元年か、あるいは文久三年の秋ぐらいかしら……」

志保が呟いた。

斎藤は二人を玄関に待たせ、三人の隊士と一緒に中に入っていった。まだ中には灯がついているので、夜の六時か七時頃であろうか。

間もなく、沖田総司が出てきた。

「おお、京へいらしていたのですか。お久しぶりです」

沖田が、やや青い顔をしながらも満面に笑みを浮かべて言った。すっかり、二十歳前後の大人の顔になっている。

「しかし、せっかくお訪ねくださったのですが、屯所に女性を泊めるわけに参りません。近くに和香さんの住まいがあるので、そちらへご案内いたします。まだ起きているでしょう」

沖田はすぐに下駄を履き、一緒に外へ出て二人を案内しはじめた。

「なんだか、お二人はちっともお変わりになりませんね。最後にお別れしたときのままのようです」

「ええ、試衛館の前で、京へ発つあなたがたをお見送りしたのは、あれはいつ頃でしたでしょうか」

志保が注意深く訊ねたが、沖田は意にも介さず答えた。

「去年の二月でしたから、もう一年半以上になりますねえ。早いものです」

「そうですね」

志保も相槌を打つ。してみると今は元治元年の初秋。来年は慶応《けいおう》元年だ。そして慶応四年が明治元年だから、江戸時代もあと三年ということになる。

「お身体は大丈夫ですか？」

「ええ、たまに咳が出る程度で、おとなしくしていれば大事ありません。私の具合のことまで、和香さんは手紙に書きましたか」

沖田は言い、屯所から五分ほど歩いたところにある仕舞屋《しもたや》の戸を叩いた。

「へえ、どなたさんどす……」

「沖田です」

答えると、すぐに戸が開けられた。

出てきたのは、三十前後の女性だ。眉を落とし、お歯黒を塗っているが、色白でふっくらとした美女だった。

「優《ゆう》さん、こちらは和香さんのお知り合いで、はるばる江戸から来てくださったのです。お世話くださいませんでしょうか」

「それはそれは、遠いところを」

優と呼ばれた女性は、すぐに二人を中に招き入れてくれた。

「じゃ、僕は帰ります。また明日にでも」

沖田は入らず、そのまま挨拶して引き返していった。

優はしっかりと戸締まりをし、手燭《てしょく》をかざしながら二人を奥に案内した。

「和香さん、お客さまどす」

優が声をかけると、奥の襖が開いた。そして見違えるように、すっかり大人びた和香が顔を見せた。今は志保と同い年ぐらいになっているだろう。

「ま……、姉上さま……！」

和香は目を丸くし、勢いよく駆け寄って志保の肩を抱いた。

第三章　衣擦れの音

1

「ぜんぜんお変わりになりませんのね。お二人は」

和香も、沖田と同じような感想を洩らした。

和香の他に、春や雪、そのほか数人の女武者たちもいる。みな新選組を助け、京の治安のため市中巡察を行なっているようだった。

以前、不逞浪士たちがこの家に押し込みに入ろうとしたのを、通りかかった和香たちが追い払ったことがあるらしく、喜んだ優がここを女子たちの屯所として提供しているようだった。

優の亭主は京の染め物職人らしく、今は仕事場に泊まり込んでいるようで、子がないため一人暮らしだった彼女は、和香たちが居てくれるのを有難がっていた。

和香は、相変わらず長い髪を後ろで縛り、ポニーテールを長く垂らした髪型をしていた。眼差しも顔つきも、いっそう湜しく凛然《りんぜん》とし、あるいはすでに人を斬った経験もあるのかもしれない。

他の女子は部屋に引き上げ、俊介と志保は優にぶぶ漬けをご馳走になって、ようやく落ち着いたのだった。

「江戸の方は変わりございませんか。そろそろ戻って嫁に行くよう、親からも手紙で言われているのですが」

「え、ええ、変わりありません……」

「お二人のお仕事のことはお聞き致しませんが、しばらくご滞在なら、巡察がてらあちこちご案内致します。もちろん不逞浪人と行き合わせたときは、姉上さまにも活躍して頂きます」

「実は、私の刀は斬れないのです」

「存じております。江戸で、こっそり拝見したことがございました。刃はなくとも頑丈で、実に不思議な造りです。あるいはお役目上、人を傷つけまいというご配慮かと思うのですが、京の浪人ものは生易しい相手ではありません。どうかこれを」

和香は、奥から一振りの大刀《だいとう》を持ってきて志保に渡した。

「お借り致します」

志保も、断わるのも変と思ってか、その場は受け取った。

そしてさらに志保は、和香から様々な情報を聞き出した。二人の局長、芹沢鴨《せりざわかも》、新《にい》見錦《みにしき》の死により、新選組が完全に近藤勇のものになったこと。有名な池田屋事件や禁《きん》門《もん》の変など。

俊介はあまり詳しくないが、志保にとっては興味のある歴史の一ページが目の前で繰り広げられているのだから、目を輝かせて和香の話に聞き入っていた。

やがて話を終えると和香は、志保に一室を提供してくれた。

「お願いがございます。俊介どのをお借りしてよろしいでしょうか」

和香が言い、志保が要領を得ぬまま頷くと、俊介は和香に連れられて一番奥の部屋へと通された。

布団が敷かれている。ここが和香の私室のようだった。

「どうか、お脱ぎになって。全部」

和香は言い、自分も手早く袴を脱ぎはじめた。言葉少なに、てきぱきと行動を起こしはじめている。恥じらいよりも目の前の欲望を優先するつもりか。それはいかにも明日のない、戦場にいる武士の雰囲気だった。

俊介は、自分が快楽の道具のように、志保から和香に貸し出されたことに甘美な興奮を覚えながら、全裸になって布団に潜り込んだ。

布団には、和香の甘い匂いがたっぷりと染みついている。

全裸になった和香が添い寝すると、俊介は甘えるように腕枕してもらい、すっかり巨乳になっている膨らみに顔を押し当てた。

ついさっき別れたばかりの年下の和香が、一瞬にしてお姉さんになっているのは不思議な気分だった。

和香も、もう志保に対するレズっぽい欲望を卒業し、しかし沖田を慕いながらも思いが叶わず、かなりの欲望がくすぶっているようだ。

「可愛い。なぜ急に弟のように思えるのでしょう……」

和香が、ぷっくりした魅惑的な唇で甘く囁いた。

「たぶん、私も志保さんも歳を取らないからでしょう」

「何者なのです、あなた方は……」

「ことは、違う世界から来ました」

言ったが、和香は理解できないようだった。もっとも聞き返されても説明できず、その内容は彼女の想像を遥かに超えているだろう。

「和香さんは京に来て、人を斬ったことがありますか」

俊介は、気になっていたことを訊いてみた。

「あります。もう何度も」

和香が答えた。胸元や腋から漂う甘ったるい体臭が、やや濃くなったように感じられた。肌を密着させ、そのうえ人を斬ったことを思い出し、さらなる興奮が湧き上がってきたのかもしれない。

「最初は恐ろしくて身体中が震えましたが、それは何とも妖しい悦びに変わりました。人を刺すときは、実に滑らかに抵抗なく刃が入ってゆきます。まるで豆腐を切るように。さらに袈裟《けさ》に断って肉を裂き骨を断つときの感触は、身の内が痺れるほど心地好いものです。今ではすっかり、返り血を浴びずに斬れるようになりました。姉上さまの御指導の賜物《たまもの》です」

「…………」

「今日も一人斬りました。血とはらわたの匂いが、まだ染みついています。どうか私の、昂まりを静めてください……」

熱い息で囁きながら、和香は俊介に唇を重ねてきた。

ほんのり唾液に濡れた肉厚の唇がぴったりと吸いつき、濃い眉をした、きりりと美しい顔が間近に迫った。

熱く湿り気ある息は、以前と変わらず甘酸っぱい果実臭だ。

すぐにも舌が潜り込み、俊介はそれを受け入れながらチロチロとからめた。適度な粘り気を持つ唾液は、ネットリと俊介の口の中を這いまわり、心地好く喉を通過していった。

彼が巨乳に手を這わせると、

「ああッ……！」

我慢できないように口を離し、和香が喘いで仰向けになった。

そのまま俊介は上になり、まだ初々しい色合いの乳首に吸い付いた。舌で転がし、唇に強く挟んで吸い、豊かな膨らみに顔全体をグイグイと押し付けた。

「き、気持ちいい……、もっと強く……」

和香が激しく身悶え、両手でギュッと俊介の顔を抱きすくめてきた。

俊介も肌の匂いに咽《む》せ返りながら、懸命に乳首を吸い、ときには軽くコリコリと歯を立てて愛撫した。もう片方も含み、さらに汗ばんだ胸の谷間や腋の下にも顔を埋め込んでいった。

ジットリ湿った腋の窪みには、産毛と紛うばかりのモヤモヤした腋毛が煙り、うねる柔肌が何とも色っぽかった。やはり百何十年前の十七歳ぐらいといえば、すっかり成熟しているのだろう。

そして湯屋も無防備になるので滅多に行かず、内風呂も火事を恐れてあまり焚《た》かないので、日頃は井戸端で身体を拭く程度で済ませているに違いない。

だから和香の肌からは、どこも新鮮な汗の匂いが漂い、たちまち俊介も激しく勃起してきた。

「アア……、恥ずかしい……」

腋に顔を埋めて何度も鼻を鳴らして嗅ぐと、和香がクネクネと身をよじって声を震わせた。俊介は柔肌を舐め下り、腹筋の引き締まった腹を舐め、やがて股間へと顔をうずめていった。

両膝を大きく開かせ、ムッチリした白い内腿に挟まれながら若草に鼻を押し当てると、さらに艶めかしい女の匂いが俊介の鼻腔を馥郁《ふくいく》と満たした。はみ出した陰唇を広げてみると、奥の柔肉はすでにヌメヌメと熱く潤い、今にも外に溢れ出しそうに大洪水になっている。

俊介は舌を這わせ、うっすらとした味わいのある蜜を舐め取り、突き出たクリトリスまで舌先でたどっていった。

「あう！　そこ、もっと……」

和香がビクッと腰を跳ね上げて口走り、両手で俊介の坊主頭をシッカリと押さえはじめた。俊介は、ふっくらと鼻腔を刺激する体臭に包まれながら、執拗にクリトリスを舐め回した。

「ああッ……、なんて気持ちいい……、俊介どの、そこ、嚙んで……」

和香が声を上ずらせて言うと、俊介も上の歯で包皮を押し上げ、完全に露出した突起を軽く嚙みながら舌で弾いた。一年半余りの殺伐とした生活の中で、すっかり和香は強い刺激を求めるようになっているようだった。

2

俊介がクリトリスを刺激し続けるうち、和香は何度となくオルガスムスの波に巻き込まれ、全身をヒクヒクと痙攣《けいれん》させていた。

さらに両足を浮かせ、お尻の谷間にも鼻を割り込ませると、顔中に双丘がひんやりと当たって弾んだ。谷間のツボミには、秘めやかで生々しい匂いが籠もり、その刺激に俊介はゾクゾクと高まってきた。

「く……、い、いけません……」

ペロペロと肛門を舐められ、和香はツボミをキュッキュッと可憐に収縮させて喘いだ。俊介は構わず、押さえつけながら内部にもヌルッと舌先を押し込み、滑らかな粘膜と、うっすらと甘苦いような味覚を楽しんだ。

愛液は後から後から溢れ、やがて俊介は彼女の脚を下ろしてもう一度ワレメとクリトリスを舐め上げてから身を起こした。

すっかり待ちきれないほど屹立しているペニスを構え、俊介は和香のワレメに先端を押し当てた。

彼女も身を投げ出し、挿入を心待ちにするように目を閉じていた。

充分亀頭に愛液をまつわりつかせると、俊介は息を詰めてゆっくりと柔肉に押し込んでいった。

「あう……」

和香が顔をのけぞらせて呻いたが、すっかり熟れている膣内は抵抗なくペニスを受け入れていった。俊介は深々と貫いて身を重ね、和香の熱いほどの温もりときつい感触を味わった。

巨乳のクッションに身を預け、やがて俊介が腰を突き動かしはじめると、和香も下から激しくしがみついて、ズンズンと股間を突き上げてきた。

愛液に濡れた柔襞がクチュクチュと摩擦され、俊介は和香のかぐわしい吐息を間近に感じるうち、たちまち後戻りできないほど高まってしまった。

「い、いく……」

俊介はあっという間に昇りつめ、和香の内部に勢いよく射精した。

「あ……、熱いわ……、もっと出して、いっぱい……」

和香が喘ぎながら膣を締めつけ、両足まで彼の腰にからみつかせてきた。

俊介は、甘い匂いのする和香の首筋に顔を埋めながら全て出しきり、満足して動きを止めた。

そしてじっくりと余韻を味わってから身を離し、和香の隣にごろりと仰向けになった。するとと彼女は、まだ満足しきっていないように、すぐ身を起こして彼のペニスにしゃぶりついてきた。

「う……」

射精直後の亀頭を吸われ、俊介は過敏に反応して呻いた。

和香は舌先で尿道口を舐め回し、ヌメリの全てを吸い取りながら、彼の陰嚢や肛門にまで舌を這わせてきた。その刺激に、何やら俊介は強制的に回復させられたようにムクムクとペニスが反応していった。

「ね、お願いです。飲ませてください。男の精気を頂きたいのです……」

和香が息を弾ませながら言った。

性欲というより、ザーメンというものに神秘的な力を感じているのかもしれない。まして、この騒然とした京で男を相手に戦っているのだから、そうしたものを飲んでまで強くなりたいのだろう。

「すぐには出ません」

「では、どうしたら……」

何でもしてくれそうな様子で身を乗り出す和香に、俊介は急激に興奮を甦らせた。

「足を、僕の顔に……」

俊介は、恥ずかしい要求に勃起しながら囁いた。

「まあ、どのように……？」

和香が意外な面持ちで答え、それでも飲みたい一心で抵抗感を乗り越え、どんな要求にも応じる姿勢を見せた。

俊介は仰向けのまま、顔の上に和香に足を載せてもらった。

「こ、こんなこと……、姉上さまに見られたら叱られます……」

和香は、さすがに足を震わせながらか細く言った。

ちょうど彼女は俊介の枕許に腰を下ろし、身を反らせて両手を後ろに突いて支え、片方の足を浮かせて載せた形だった。

俊介は、ひんやりする足裏を顔全体に受けてうっとりとなった。どうしても、強く逞しい志保や和香には、このようにされたい願望が消し去れないのである。

指の股に鼻を埋めると、今日も過酷に動きまわっていた和香の足の匂いが鼻腔を刺激してきた。汗と脂の混じった、酸性の匂いである。

俊介は足裏に舌を這わせ、爪先にもしゃぶりついて湿り気を舐め取った。

「アア……、き、汚いのに……」

和香が息を弾ませて言う。

俊介はもう片方の脚も載せさせ、交互に舐めて、味と匂いが消え去るまでしゃぶり尽くした。

「今度は、こちらに……」

言って、和香に添い寝してもらった。そして回復しているペニスを握ってもらいながら、乳首や脇腹を嚙んでくれるよう要求した。

和香が、柔らかな唇を押し付け、大きく口を開いて肉をくわえてくれた。

「ああ……、もっと強く……」

俊介は、乳首や脇腹に感じる甘美な痛みに悶えながら言った。

「痛くありませんか……」

「大丈夫です。歯型がついてもいいから……」

言われて和香も次第に力を込めて愛咬を続けた。実際、強く歯を食い込ませるたびに、握っているペニスがヒクヒク脈打って、さらに硬度を増してくるので彼女も効果ありと納得してくれたようだ。

やがて俊介は彼女の顔を引き寄せ、上から近々と見下ろしてもらった。行灯の明かりに、切れ長の凜々《りり》しい目が、欲望の色を宿して彼の目を覗き込んでいた。

「唾を、飲ませてください。たくさん……」

俊介は言い、恥ずかしい言葉を出した途端、危うく漏らしてしまいそうになってしまった。

「こうですか……」

和香も、もうためらわず肉厚の唇をすぼめて、たっぷり溜めた唾液をクチュッと垂らしてくれた。生温かく、小泡の多い粘液がトロトロと舌を濡らしてきた。俊介は味わいながら飲み込み、さらに多く吐き出してもらった。

「顔中にも、強く吐きかけて……」

「できません、そのようなことは……」

「どうか」

再三促すと、ようやく和香は甘酸っぱい吐息とともに少量の唾液を勢いよく吐きかけてきてくれた。武家の娘としては、かなりの決意が必要だったろう。

だが彼女自身、してはいけないことをするたび興奮が倍加するのか、一度してしまうとあとは俊介の望むまま、何度もしてくれ、量も多くなっていった。

俊介は顔中をヌルヌルにしてもらい、さらに舐め回してもらった。舐めるというより、吐きかけた唾液を舌で塗り付ける感じである。

その間もペニスは指に弄《もてあそ》ばれ、たちまち俊介は高まっていった。

「出そうです……」

俊介が言うと、和香はほっとしたように移動し、再びペニスにしゃぶりついてきた。

その激しい吸引と股間をくすぐる熱い吐息、舌のヌメリと唇の摩擦に、彼はたちまち二度目の絶頂に貫かれてしまった。

「ああ……」

顔中を濡らす唾液の甘酸っぱい匂いの中、俊介は喘ぎながら快感に身を震わせ、ドクンドクンと和香の喉の奥に向けて勢いよくザーメンを噴出させた。

「ンン……」

和香も鼻を鳴らし、強く吸いながら口に飛び込んだものを全て喉に流し込んでいった。そして俊介が最後の一滴を出しきり、グッタリと力を抜いてからも、和香はいつまでも亀頭を含んで吸い、舌で弄びながら余りを飲み込んでいた……。

3

「では行ってくるわ。どうか優さんの御用をしっかりね」

志保が俊介に言い、和香をはじめとする女性軍団とともに刀を差して出かけていってしまった。

朝、志保は和香たちに誘われたのだった。これから新選組の屯所に出向き、また手分けして市中巡察にまわるらしい。何しろ新選組の面々に会える志保は大喜びで、危険も顧みず従ったのだ。

俊介は、優に用事を頼まれ残ることになった。

まあ、昼間とはいえ危ない時代に京見物でもないだろうし、彼は臆病な上、さして新選組にも詳しくないし思い入れはないのだった。だから優に、男手が足りないからと何か手伝いを頼まれたのは好都合だったのである。

昼間でも、優はしっかりと戸締まりをして、俊介を自分の座敷に招いた。

「さて、何をお手伝いすればよろしいですか。あんまり力はありませんが」

俊介は言いながらも、部屋に敷きっぱなしにされた布団と部屋に籠もる女の匂いに妖しく胸を高鳴らせはじめた。

何しろ優はとびきりの美形なのだ。優雅な京言葉のイントネーションが女らしく物柔らかで、しかも眉を剃りお歯黒を塗っても、これほど美人に見えるというのは信じられないぐらいだった。

色白で豊満で、着物の胸も大きく豊かに膨らんでいる。

「実はゆうべ、お二人のことをこっそり覗いてしまいました」

優が座って言い、俊介もその前に腰を下ろした。

「え……？」

「そう、貴方様と和香はんとのことを」

優が、熱っぽい眼差しを向けながら言う。お歯黒というのは、唇の赤さと、舌と歯茎のピンクを際立たせるものだな、ということが分かった。

「もしもお嫌でなかったら、私の火照りも静めてもらえまへんでしょうか」

優が言う。

「お手伝いしてほしいのはそのことどす」

「でも、ご亭主が」

「うちの人は、何より染め物に夢中で、たまに帰っても私には何もしやしまへん。それとも、私のような者は、触れて頂けまへんでしょうか」

かなり緊張しているようで、微かに唇が震えていた。優が相当な決心で言っているのが分かり、また、それだけ欲求も溜まりに溜まっているのだろう。

「そんなことありません。しかし急にご亭主がお帰りになるようなことは」

俊介も、徐々にその気になりながら答えた。何しろセックスを覚えたばかりで、見境なく誰とでもやりたいときなのである。

「今日は絶対に戻りまへん。戻るにしても夕暮れどす。和香はんたちも、いつも暮れ六ツ（夕方六時頃）までは帰ってきまへん」

「そうですか。ならば」

「お願い、聞いて頂けますか」

「はい」

頷くと、優は嬉しげに立ち上がり、すぐにも帯を解きはじめた。衣擦れの音とともに、見る見る熟れた白い肌が露出していった。

俊介もはやる胸を抑えながら、手早く全裸になってしまった。

そして先に優の布団に潜り込み、彼女の匂いに包まれながら裸になっていく優を眺めた。

優の乳房も、何とも見事な膨らみを持っていた。巨乳というより爆乳だ。しかも三十前後の熟れ盛りで子もいないから、張りは失われていない。

優は赤い腰巻一枚になって布団に座り、何とも女らしい優雅な仕草で最後の一枚を取り去ってから横たわってきた。

俊介は、彼女の腕をくぐり抜けて腕枕してもらった。

どうしても、上になってあれこれするよりも甘える方を選んでしまう。まだ愛撫に自信がないし、志保や和香でさえ甘えたくなるのに、熟れた豊満な人妻となればなおさらだった。

「何て、お可愛ゆい……」

優がギュッと抱き締めてくれ、その爆乳を彼の顔に押し付けてきた。

志保や和香とは違う、大人の女の体臭がふんわりと感じられた。

そのまま優は屈み込み、遠慮なく唇を重ねてきた。紅の塗られた唇がぴったりと密着し、ぬるっと舌が潜り込んできた。彼女の吐息は白粉のように甘く、微かに鼻腔の天井に引っ掛かる刺激を含んでいた。それにうっすらと金臭い感じがするのは、お歯黒の鉄の成分かもしれない。

舌をからめると、生温い唾液が流れ込んできた。

味わいながら舌を差し入れて行くと、チュッと強く吸われた。そして肌に感じる彼の強ばりに指を這わせ、

「アア……、大きいわ……」

唇を離し、うっとりと囁いた。

「お乳を吸って……」

優が言い、爆乳を突き出してきた。大きい割りに乳輪はごく普通の大きさで、突き立った乳首は淡いチョコレート色をしていた。

俊介はチュッと吸いつき、もう片方に手のひらを這わせはじめた。大きすぎて手のひらに余り、指の間からもつきたての餅《もち》のようにムニュッとはみ出してきた。

「ああ……、なんてええ気持ち……」

優がクネクネと悶えながら喘ぎ、さらに押し付けてくるものだから顔中が柔肉に埋まり、俊介は危うく窒息しそうになった。

間から懸命に呼吸し、チロチロと舌先で乳首を弾き、強く吸いながらそっと歯も立ててみた。そしてもう片方にも吸いつき、熟れた匂いに誘われて腋の下にも顔を埋め込んでいった。

腋はジットリ汗ばんでミルクのような匂いをさせ、腋毛も艶めかしく煙っていた。

俊介は胸いっぱいに女の匂いを吸い込み、彼女の下腹に手を這わせていった。

茂みもかなり濃いようで、掻き分けて谷間をたどっていくと、すぐに指先がヌルヌルと滑らかに動いた。かなり愛液が多く、陰唇から内腿までベットリと広範囲に濡れているようだった。

「ね、俊介さまは、和香さんの足の裏まで舐めておいやした。そないなこと、どなたにでもなさるのですか……」

優が、熱い息を弾ませながら言う。

「ええ、どうしても、全て舐めたくなるのです……」

「俊介さまは、お武家の出でしょう。それでも、平気なのですか」

どうやら優は、志保や和香が俊介を大切に扱っているので、ただの寺の小僧ではないと思っているようだ。あるいは和香が、二人を公儀隠密とでも言ってしまったのかもしれない。

「平気です。女性に汚い部分などありませんから」

「では、私の足も、あるいはおそそやお尻の穴まで……」

「もちろん舐めます。よろしいですか」

「あぁッ……」

優は、彼の言葉だけでも絶頂に達しそうなほど喘ぎ、実に色っぽく身悶えた。

俊介は身を起こし、布団をはいで彼女の下半身に移動していった。

足首を摑んで浮かせ、足裏に舌を這わせていくと、すぐに指の股から悩ましい匂いが漂ってきた。

くるぶしに座りダコがあるのも、この時代の女性の特徴だった。

俊介は爪先をしゃぶり、指の間にぬるりと舌を割り込ませた。

「あン……！」

優がビクッと全身を震わせて声を上げ、俊介の口の中で爪先を縮めた。

俊介は念入りに、順々に指を含んで吸い、もう片方の足も全て舐め尽くした。

そして脚を開かせ、腹這いになってその間に顔を進めていくと、

「あう……、や、やっぱ結構どす。そないなところを……」

優は声を上ずらせて身をよじった。足を舐められただけで精根尽き果て、彼女の常識を越えた愛撫に気を失いそうになっているようだった。

まして優は商家の出だから、武家と思っている俊介に舐められるのは大変なことなのだろう。

俊介は構わず、彼女の股間に近々と迫った。

熱気と湿り気が、何とも濃厚な女の匂いを含んで渦巻いているようだった。

やはり恥毛は黒々と濃く、はみ出した花弁は溢れる大量の蜜にヌラヌラと妖しい光沢を放っていた。

俊介はもがく腰を抱え込み、指で開いて中身まで観察した。何しろ昼間だから、障子越しに射す陽に余すところなく照らされている。

ピンクの柔肉は別の生き物のように蠢き、襞に囲まれた膣口が妖しく息づいていた。

クリトリスも小指の先ぐらいに大きく、真珠色の光沢を放っていた。

「ああ……、恥ずかしい……」

近々と見られ、彼の視線と吐息に優が顔をのけぞらせた。

4

「舐めて、って言ってみてください」

俊介が指で開いたまま、まだ舌では触れずに言ってみた。

「こちらでは何というのですか。関東ではおま×こですが、こちらでは先程言われたおそそ、いや、お×こですね」

「ああッ……！」

その言葉だけで、優は今にも昇りつめそうなほど喘いで身悶えた。

「さあ、私のお×こを舐めてと言ってください。言えば、うんと舐めて気持ち良くしてさしあげます」

「そ、そないなこと……、よう言いやしまへん……、どうか堪忍……」

「だって、ほら、こんなに濡れてますよ。お×こ汁というんですか」

「ヒッ……！」

強烈な言葉に、上品な優が息を呑んで熟れ肌を強ばらせた。同時にヌラリと新たな蜜が湧きだし、とうとう外にまで溢れだしはじめた。陰唇をめくって押さえている彼の指さえ、今にもヌルッと滑りそうになってきた。

「も、もう……、変になりそう……」

「さあ言ってください。すごく楽になりますよ」

「ど、どうか、私のお×こを舐めて……、アアッ！」

とうとう優がかぼそい声で言い、いつしか白っぽく濁った大量の愛液を膣口の襞にまつわりつかせた。自分の言葉で高まり、何度かオルガスムスの小さな波を感じ取っているようだった。

俊介ももう焦らさず、ようやく優の中心部にギュッと顔を埋め込んだ。

「アアーッ……！」

優が声を上げ、豊満な内腿でムッチリと彼の顔を締めつけてきた。

恥毛に籠もる濃厚な女の匂いに咽《む》せ返りながら、俊介は激しく舌を這いまわらせた。

もう俊介自身が欲望で夢中になっているので、焦らす余裕もなくなっている。

舌を差し入れて膣内を味わい、大量の蜜をすすりながら、ゆっくりとクリトリスまで舐め上げていった。

「そ、そこ……！」

優が声を上ずらせて言う。

俊介も舌先をクリトリスに集中させ、さらに両足を浮かせて白く豊かなお尻の谷間にも鼻を潜り込ませていった。

両の親指で双丘を開くと、可憐な薄桃色の肛門が、ややレモンの先のようにお肉を盛り上げ、細かな襞を震わせていた。鼻を押し当てると、微かな刺激臭が鼻腔から彼の胸にまで染み渡ってきた。

チロチロと舌先でくすぐると、

「あ……ああっ……！」

もう優は言葉も出ず、ただキュッキュッと肛門を収縮させて悶えるばかりだった。

俊介は執拗に舐め、内部にも舌を押し込んでヌルッとした粘膜を味わい、気が済むまで舌を出し入れしてから、再びワレメに戻っていった。

今度は膣口に指を押し込み、天井の膨らみをこすりながらクリトリスに吸い付くと、たちまち優は身を反らせてガクガクと痙攣しはじめてしまった。

「い、いくうッ……！」

口走り、狂おしく身をよじりながら昇りつめ、同時にピュッピュッと大量の愛液を飛び散らせた。これが潮吹きというものなのだろうか。俊介は急いで射精のような噴出を口に受けとめてみたが、愛液なのかオシッコなのかはっきり分かるほどの量はなく、判然としなかった。

やがて彼女は、そのオルガスムスの大波が通り過ぎると、たちまち失神したようにグッタリとなっていった。

俊介は股間から這い出し、屹立したペニスを彼女の口に押し当ててみた。

「んん……」

荒い呼吸を繰り返し、半開きになっていた口で優はすぐにもパクッと亀頭を含んでくれた。熱い息が股間の真下から吹き付けられ、長い睫毛《まつげ》で半眼になった眼差しが何とも色っぽかった。

優の口の中は温かく濡れ、ぽってりとした柔らかな舌がクチュクチュと蠢いた。

そのまま喉の奥まで押し込むと、優はさらに激しくしゃぶりはじめ、たちまちペニス全体が美人妻の唾液にどっぷりと浸った。

オルガスムス直後で、ぼうっとした表情も実に艶めかしい。

日本髪を結い、眉を剃って頬を上気させた顔立ちを見ると、いかにも絵巻物のような雰囲気があり、本当に江戸時代の女性にしゃぶられているのだなという実感が胸に迫った。

含んでいるうち、優は徐々に生気を取り戻したように、次第に激しく吸いつきはじめた。そして亀頭をくわえたまま身を起こし、それに合わせて俊介は仰向けになって身を投げ出していった。

「アア……、美味しい……」

優は口を離し、唾液にまみれたペニスをいじりながら、しみじみと眺めた。

昼間から、こうして間近で見るのも久しぶりなのだろう。優は細くしなやかな指で愛撫しながら、ペロペロと慈《いつく》しみを込めて舌を這わせ、貪るように陰嚢にまでしゃぶりついてきた。

そして彼の脚を抱え上げて潜り込み、自分がされたように肛門まで念入りに舐めてくれた。

俊介は、ヌルッとした柔らかな舌が入ると、思わずキュッと肛門を引き締めながら快感に喘いだ。まるで美女の熱い息が、肛門から身体中に吹き込まれ、その温もりが染み渡ってくるようだった。

優は肛門を舐め尽くして睾丸を吸い、再びペニスを深々と呑み込んでは、頬をすぼめてチュッチュッと吸い続けた。口が疲れると、その爆乳をこすりつけ、谷間にペニスを挟みつけてモミモミとこね回してくれた。

「い、入れておくれやす……、もう我慢できまへん……」

ようやく優がスポンと口を離し、また仰向けになって言った。やはり舐められて昇りつめるのと、挿入される快感はまた別らしい。

俊介もすっかり高まっていたから、素直に身を起こし、正常位でのしかかっていった。唾液に濡れた先端をワレメにこすりつけると、そこは新たに溢れた愛液に熱くヌルヌルしていた。

位置を定め、俊介は一気にズブズブと挿入していった。

「あう……！　な、なんて気持ちいい……」

優が顔をのけぞらせて言い、たちまち急角度にそそり立ったペニスは、彼女の熟れた果肉の中に根元まで呑み込まれた。

身を重ね、爆乳の柔らかなクッションに体重を預けながら、俊介は優の温もりを味わった。動かなくても細かな襞が悩ましく蠢動《しゅんどう》し、ペニスを奥へ奥へと吸い込むようだった。

俊介は上から唇を重ね、優の甘く濡れた舌を舐め回しながら、やがて徐々に腰を突き動かしはじめた。それに合わせて優も喘ぎながら股間を突き上げ、キュッときつく締め上げてきた。

「しゅ、俊介はん……、また、いきそう……、もっと突いて……、奥まで……」

優が苦しげに口を離し、下から激しくしがみつきながら言った。

「お×こが気持ちいいって言ってください」

「アアッ！　お、お×こが気持ちいいッ……、あうーッ……！」

口走った途端、優が狂おしくガクンガクンと身を弓なりにさせた。ブリッジするように反り返る優の上で、俊介も収縮する膣に締め付けられながら、たちまちオルガスムスの快感に貫かれてしまった。

俊介はありったけの熱いザーメンをドクドクと注入し、優の艶めかしい匂いの吐息で胸を満たしながら身を震わせた。

そして全て出しきると、のけぞったまま硬直していた優がぐんにゃりと力を抜き、俊介も少し遅れて動きを止めながら体重を預けていった。

「ああ……、夢のようです。こんなに良かったの、初めて……」

優がグッタリしながら囁き、俊介も余韻に浸りながら、いつまでも身を重ねてじっと動かず、互いに荒い呼吸を繰り返していた。

5

「俊介どの、見張っていてください。あるいは、責めて口を割らしてもいいです」

翌朝、戻ってきた和香や志保一行は、一人の女性を縛って連れてきていた。

昨夜は誰も帰って来なかったので心配していたが、どうやら捕り物が深夜にまで及んでいたのだろう。

連行された女性は二十歳前後、豪華な着物に多くの簪《かんざし》を差しているから、芸妓なのかもしれない。

話では、彼女の名は乙松《おとまつ》。料亭の裏口で、不審な浪人ものに金を渡しているところを目撃されたらしい。浪人は逃げ、和香たちは彼女を縛って連れ帰り、優の家の裏庭にある土蔵に押し込めた。

朝餉を終えたばかりの俊介は、土蔵に入って乙松を見張ることにした。帰ってきた女子たちは、皆これから一眠りするようだ。

俊介は、柱に縛りつけられている乙松を見た。

舌を嚙まぬようにか、手拭いで猿轡《さるぐつわ》されているが、何とも見目麗しい芸妓だった。

赤い小さな口に手拭いが食い込んで紅が溶け、唾液にしっとりと濡れて顎からも糸を引いて滴っている。後ろ手に縛った荒縄は、着物の胸にも回され、上下二本の縄の間からはみ出す乳房の膨らみが強調されていた。

うなじの方にまで白粉が塗られ、睫毛の長いつぶらな目が怯え、心細げに涙を溜めていた。

「ウ……ウウッ……！」

乙松が、何かを訴えるように呻いて、俊介を縋《すが》る眼差しで見上げた。

「何か言いたいことがあるのですか。決して舌を嚙まないと約束できますね」

俊介が言うと、乙松は何度も頷いた。

彼は手拭いを外してやり、顎の唾液もそっと拭ってやった。

「舌を嚙むやなんて、そない恐ろしいことしやしまへん……。うちは、何も悪いことなんかしてまへんのどす……。そやから、どうか後生どすから逃がしておくれやす。貴方《あんた》はんは、お優しいお方とお見受けいたします……」

「ならば、金を渡していた浪人ものの名と素性を教えてください。そうしたら帰れますから」

俊介は、役目というより乙松が可哀想で、そのように言った。

「それぱかりは、言えまへん……」

「では残念ですが、逃がすわけにいきません。私の見張りが終われば、もっと恐ろしい目に遭うかもしれない。連中も気が立っているし、女同士は残酷と聞きます」

言うと、乙松はうなだれたが、その口は固く閉ざされてしまった。気弱そうな美女ではあるが、浪人ものを庇《かば》おうとする意志ははっきり伝わってきた。

「あの……」

やがて乙松が顔を上げた。

「言う気になりましたか?」

「いえ、どうか厠をお貸しくださいませ……」

乙松がもじもじと言い、きっちり合わせた両膝を動かした。どうやら催しているのは嘘ではないらしい。

「厠ですか。どうしようかな……」

「後生です。厠に連れていって頂けたら、何でも致します……」

このまま垂れ流すのは死んでも嫌なのだろう。何でもするというのは魅力で、俊介は思わず何をしてもらおうかとあれこれ考えてしまった。

「いや、やはりそれはできません。この土蔵から出すわけにいきませんので、どうしてもと言うなら、その隅で」

　俊介は言いながら、柱にくくりつけられている縄を解いてやった。それでも乙松は後ろ手のまま上半身は身動きできず、彼は縄を縛り直し、彼女が隅まで行けるほどの余裕をもたせた。

　肩を支えて立たせ、土間の隅に移動させていく。乙松はおぼつかない足取りながら、ノロノロと従った。

　観音びらきの窓が開かれ、金網越しに朝の日が射し込んでいる。

　俊介は、いつしか激しく勃起していた。彼女にとっては生死の境目なのに、俊介は可憐な乙松に欲情していたのだ。自分でも鬼畜だと思うが、どこか心の片隅で、これは過去の出来事であり、自分にとっては夢幻のようなものという意識があるのかもしれない。

「こ、こないな明るいところで……」

「ここしかないのです。さあ、我慢できないのでしょう」

　確かに、土蔵の中は古い簞笥《たんす》や行李が山積みにされ、土間のスペースはそこしか空いてないのだった。俊介は彼女をしゃがみ込ませ、縛られて両手が使えない彼女の代わりに、絢爛《けんらん》たる着物の裾をめくり上げてやった。

「ああッ……！」

緋色の腰巻までめくられ、白くムッチリした太腿が付け根まで露わになった。

思わずゴクリと生唾を飲むほど色っぽい眺めである。

俊介は屈み込んで顔を寄せながら、彼女の肉づきの良いお尻と、楚々とした茂みのあるワレメを覗き込んだ。

「さあ、これで裾は濡れないから大丈夫でしょう」

俊介は興奮を抑えながら囁き、白足袋だけはいた乙松の下半身を舐め回すように見つめた。

ワレメからは、果肉のようなピンク色の陰唇がはみ出し、しゃがみ込んだため量感を増して張り詰めた太腿にはうっすらと静脈が透けていた。

乙松は小さな唇を嚙み締め、後ろ手で顔を隠すこともできないまま息を詰めた。

いくらここで耐えていても、どちらにしろ我慢には限界があるのだ。だとしたら恐ろしい女軍団が来る前に済ませてしまおうと覚悟したようだ。

裾を持ち上げたまま見ていると、間もなくワレメからチョロチョロと軽やかに水流が漏れてきた。それはほんのり湯気を立ち上らせ、かび臭い土蔵の中でも新鮮な香りを漂わせていた。

俊介は見守り、小泡を混じらせながら土間を流れる美女のオシッコに激しく胸を高鳴らせた。

流れやワレメばかりではない。羞恥に歪む乙松の表情も実に艶めかしかった。

さすがに我慢していただけあって勢いが激しく、土間を叩く水音のみならず、狭い尿道口からオシッコがほとばしるシューッという音さえ聞き取ることができた。

やがて勢いが弱まってくると、いくつもの支流に分かれて内腿やお尻の方にまでシズクが伝わっていった。

俊介は裾を押さえながら、彼女の懐から覗いている懐紙を抜き取った。

しかし、オシッコが治まっても、まだ乙松は息を詰めている。

「み、見ないで……、堪忍……」

彼女が小さく声を絞り出すと同時に、大きな水蜜桃のようなお尻の谷間に、ひっそりつぼまっていたピンクの肛門が見る見る膨れ上がっていった。

可憐な襞がピンと伸びきると、奥から黄褐色の太い物が後から後からひねり出されてきたではないか。

やはり恐怖と緊張の連続で、大きい方まで催していたようだった。それは多少軟らかめで、生々しい匂いを発しながら土間にうず高く盛り上げられていった。

香りも艶めかしいが、何という妙なる音響であろう。

こんな可愛い女性からも、こうしたものが出てくるのだった。

俊介は、生まれて初めて目の当たりにする荘厳な光景に、危うく射精しそうになるほどの興奮と感激を得た。

ピンクの肛門は、たちまち絵の具でも塗りつけたように派手に彩られ、いつまでも逞しい躍動と排出を続けていた。

「ああ……、どうか、そんな近くで……」

乙松が双丘をクネクネさせて、死ぬほどの羞恥に悶えた。

それでも、ようやく噴出は治まったようだ。

俊介は、今にも座り込みそうにハアハア喘いでいる乙松を支えながら、懐紙で汚れた肛門とワレメを丁寧に拭ってやった。

そして出した物を踏ませないように、フラつく彼女を支えて立たせ、ゴザの敷かれた柱の方へと引き戻した。

土蔵の中に火鉢があったので、中の灰を容器に移し、大小の排泄物の上に掛けた。

それで匂いはだいぶ治まったようだ。

しかし俊介の興奮は一向に治まらない。

処理を終えると彼は乙松に迫った。彼女は、あまりのことにゴザに横たわり、裾を乱したまま涙ぐんでいた。

顔を拭くこともできない彼女に代わり、俊介は乙松の涙と鼻水を舐め、その小さな赤い唇にも舌を這わせはじめた。

「ク……！」

乙松はビクッと震えて小さく呻いたが、抵抗する気力は残っていないようだった。

第四章　拘束の余韻

1

「さあ、口を開けて。噛んだりしないでくださいね」

俊介は囁き、ピッタリと唇を重ねていった。乙松の唇は愛らしいサクランボのようで、何とも心地好い弾力と柔らかさに満ちていた。

吐き出される熱い息は、うっすらと甘く、香でも含んでいるように白粉に似た匂いがしていた。

白い歯は小粒で、きっしりと隙間なく並んでヌラリとした光沢があり、実に綺麗な歯並びをしていた。

舌を差し入れても、乙松は歯を閉ざして頑なに侵入を拒んでいたが、俊介が強引に

胸元に手を差し入れ、想像以上に豊かな膨らみを揉みしだき、ツンと硬くなっている乳首をいじると、

「アアッ……」

すぐに喘いで前歯を開いてきた。

俊介は舌を潜り込ませ、甘く濡れた美女の口の中を舐め回し、かぐわしい匂いで鼻腔を満たしながら柔らかな舌をクチュクチュと探った。

乙松は嚙みつくような素振りも見せず、避難するように舌を縮込めたままじっとしているだけだった。

俊介は執拗に舌をからめ、美女の温かな唾液をすすりながら、縄の間からさらに胸を広げた。

ようやく唇を離すと、そのまま胸元に潜り込み、着物の間からはみ出した薄桃色の乳首にチュッと吸い付いた。

「あう……!」

乙松が呻き、甘ったるい匂いを揺らめかせて切なげにもがいた。

驚くほどの巨乳で、しかも胸元まで白粉が塗られていたが、その境目が分からないほど透けるような色白の肌をしていた。

乳首を舌で弾くように舐めると、着物の奥からも生ぬるく甘い体臭が馥郁と漂ってきた。

もう片方の乳首や腋の下まで愛撫したかったが、かなりきつく縛られているため、片方の乳首を含むのが精一杯だった。

しかし最も魅惑的な部分が待っているのだ。俊介は気の急《せ》く思いで、横たわっている乙松の下半身へと移動していった。

再び腰巻ごと裾をめくり上げ、今度は遠慮なく内腿の間に顔を潜り込ませた。

和服の乱れた裾は、全裸など比べ物にならないほど色っぽく、きめ細かく滑らかな肌が目の前いっぱいに広がった。

両膝を全開にさせると、

「あぁッ……、堪忍……」

乙松が眉をひそめて声を震わせた。

俊介は、間近に迫ったワレメを眺め、指でグイッと陰唇を広げた。肉づきの良い花びらが開かれ、奥で息づく柔肉が丸見えになった。

細かな襞が膣口を覆い、小さな尿道口も艶やかなクリトリスも、どの時代の女性もみな同じだった。

堪らずに顔を埋め込むと、柔らかな茂みからふんわりと女の匂いが漂ってきた。やはり着飾った芸妓でも、股間は汗とオシッコの匂いが大部分で、しかも放尿してざっと拭いたばかりのため、今は汗よりオシッコの刺激成分の方が多かった。

俊介はクンクンと鼻を鳴らして美女の匂いを嗅ぎ、ワレメに舌を這わせていった。

「う……！　な、何をなさいます……」

乙松が声を上ずらせて言った。

やはり彼女の常識では、いきなり犯される覚悟はしても、舐められるのは予想外だったようだ。

俊介はもがく腰を押さえつけ、執拗に柔肉を舐め回した。

まだ内部にはうっすらとオシッコの味が残っていたが、舐めているうちすぐに俊介の唾液に薄まっていった。そしてクリトリスを舐め上げ続けていると、唾液にプラスされ、否応なく奥から滲んでくる蜜に舌の動きがヌラヌラと滑らかになっていった。

小さな突起を舐めるたび、乙松の内腿がビクッと震えるが、別に感じているわけではないだろう。命の危険にさらされ、後ろ手に縛られた腕も痛いし、こんなところで感じている余裕などある筈もない。

それでも刺激に分泌する蜜の量は増え、乙松の心とは裏腹に陰唇もぽってりと熱を持って色づきはじめていた。

さらに俊介は彼女の脚を持ち上げ、さっき排泄をしたばかりの肛門にも口を押しつけていった。

もちろん生々しく秘めやかな刺激臭はまだ新鮮で、舐めるたびに肛門は磯巾着《いそぎんちゃく》のようにヒクヒクと収縮を繰り返して反応した。

「あん……、そ、そこは……！」

乙松はまたもや驚きに声を上げ、懸命に避けようと身悶えた。

構わず、俊介は味も匂いもなくなるまで舐め回し、充分に唾液にぬめった肛門に舌を潜り込ませた。

「ヒイッ……！」

乙松は信じられない思いで息を呑み、可憐なツボミで俊介の舌をキュッと締めつけてきた。

もう俊介も我慢できず、とうとう袴を脱ぎ去ってピンピンに勃起したペニスを露出させてしまった。そして彼女のお尻から顔を起こして移動し、乙松の唇へと先端を押し付けていった。

「どうか、舐めてください」

息を弾ませて言うと、乙松は少しためらったが、すぐに亀頭にしゃぶりついてきてくれた。いきなりワレメや肛門を舐める人間だから、逆らうと恐ろしいとでも思ったのかもしれない。

柔らかく滑らかな舌が張り詰めた亀頭に這い、たちまちペニスは温かく清らかな唾液にまみれた。

俊介は股間を熱い息にくすぐられ、可愛い小さな口に締め付けられながら急激に高まっていった。

果てる前にペニスを引き抜き、俊介は再び彼女の下半身に戻った。

だが仰向けにしようとすると、やはり後ろ手に縛られた両腕が痛むのか、乙松が顔をしかめた。仕方なく俯せにさせ、四つん這いのまま大きくこちらに向けてお尻を突き出させた。

俊介は裾をめくって丸出しになったお尻を抱え、バックからワレメに先端を押し当てて、ゆっくりと貫いていった。

「ク……ンンッ……！」

顔を伏せたまま、乙松が苦しげに呻いた。

挿入される感覚よりも、やはり腕が痛いのとお尻を突き出したバランスの悪い体勢が辛いのだろう。

しかしペニスの方は、滑らかにヌルヌルッと根元まで呑み込まれていった。

俊介は、温かく柔らかな感触に、すぐにも発射したいほど快感が高まった。しかもバックスタイルは初めてなので、実に新鮮な感覚があった。

深々と押し込むと、乙松のお尻の丸みが下腹部に密着して心地好く弾んだ。

そのままズンズンと勢いをつけて前後運動をすると、内部の襞の摩擦も、正常位とは微妙に違っているような気がする。

「あ……、ああッ……！　いや……」

乙松が切れぎれに声を洩らしながら、キュッキュッときつくペニスを締めつけてきた。そのうちに、やはり腕が痛いのか四つん這いになっていられなくなり、ゴロリと横向きに倒れてしまった。

俊介は抜けないよう気をつけながら、自分も体勢を入れ替えた。横向きになった乙松の下の脚を跨ぐようにし、上の脚に両手でしがみついたのだ。

これも股間同士の密着度が強く、なかなか心地好い体位だった。

それにバックだと、相手の表情が見えないし、何しろ俊介の大好きな唾液と吐息が貰えない。

この体位だと、しがみつく脚を離してのしかかれば、側位として彼女の唇を心ゆくまで味わうことができる。

俊介は充分に動いて、もう後戻りできないほど高まってから、脚を離して身体をひねり、横向きになりながら乙松に顔を寄せていった。そして激しい勢いで腰を突き動かしながら唇を重ね、甘い吐息と唾液を存分に味わいながら、とうとう絶頂の急坂を昇りはじめてしまった。

「ああっ！　いく……」

俊介は快感に口走り、狂おしくピストン運動をしながら、乙松の柔肉の中に思いきり熱いザーメンをほとばしらせた。

乙松は、もう縛られている苦痛も麻痺し、失神したようにグッタリとなっていた。

俊介は最後の一滴まで絞り尽くし、ようやく動きを止めて、乙松の甘い匂いの口を貪り続けながら余韻に浸り込んだ。

2

「犯してしまった？　さすがは俊介どの」

土蔵に、雪と春が入ってきた。早めに目を覚ました二人は、乙松の様子を見にやってきたのだろう。あるいは口を割らせれば手柄になると、他を抜け駆けしてきたのかもしれない。

俊介は身繕いも終えていたが、横たわってうなだれ、ほつれ髪も色っぽく打ち沈んでいる乙松を見れば、誰でも犯された直後だと分かるだろう。

「さあ、抱いてもらって気持ち良くなったところで、そろそろ浪人ものの素性を吐いてもらおうか」

春が言い、乙松の髪を摑んで顔を上げさせた。

「し、知りまへん……」

乙松は恐怖に声を震わせて答えた。

「知らないわけはない。忘れたのなら、思い出すようにしてやるよ」

春がパチンと乙松に平手打ちを食わせると、

「アアッ……！」

乙松が悲鳴を上げて顔を伏せた。

さらに春が目をキラキラさせ、もう一度手を振り上げたが、すぐに雪が止めた。

「待って。まだ嫌疑が不充分だから顔には傷つけないようにって、和香さまが」

「そう。解き放たれてお座敷に出られなくなったんじゃ気の毒だからね。では、やはりこちらの方を責めるしかないか」

春は一気に乙松の裾をめくり上げ、下半身を露わにさせた。

「さあ、言うなら今のうちだよ。はずみがついてしまうと、私は止まらなくなりそうだからね」

春は美しい顔に無気味な笑みを浮かべ、土蔵の中にあったすりこぎを手にした。

「お前は枕芸者じゃないんだろう。身体を売らないのなら、ここがどうなっても構わないよね」

「ど、どうか堪忍しておくれやす……」

乙松が泣き声を上げたが、すっかりサディスティックな悦びに浸っている春の勢いは止まらなかった。

すりこぎの丸い先端をワレメに当てると、まだ俊介のザーメンが残っているのか、何度かこすっただけで簡単にヌルッと潜り込んでしまった。

「あう……！」

乙松が息を呑んだが、春は舌なめずりしながら奥まで押し込み、逆手に握ったまま何度か出し入れをした。

「まさか喜んでいるんじゃないだろうね。だけど、これからが本番だよ」

春は言い、すっかり粘液にまみれたすりこぎをワレメから引き抜くと、今度はそれを乙松の肛門に押し当てた。

「ちょ、ちょっと待って。そんなのを入れたら裂けてしまうよ」

見ていた俊介が、とうとう止めに入った。

「俊介どの。不逞浪人は一人でも多く捕らえなければ、この京の町は安心して住めなくなります。私たちは、新選組の方々とともに、そのために江戸から来たのですから、どうかお止めくださいませぬように」

春が言って乙松に向き直り、強引に肛門にねじ込もうとした。

「い、言います……、あれは、うちの兄どす……！」

乙松が恐怖のあまり口走ったが、

「もう遅い。何も言わなくて良い。さあ、陰間《かげま》の喜びを知るがいい」

春は聞かず、グイグイと力を込めはじめた。

だが、その時である。

「待て。その女の言うことは本当だ」

土蔵に入ってきた者が言った。それは、和香と志保を従えた、新選組の三番隊長、斎藤一だった。

「え……？」

さすがに春も毒気を抜かれ、乙松のお尻からすりこぎを離した。

「嫌疑は晴れた。すまなかったな、乙松」

斎藤は言い、和香と志保が彼女の縄を解きはじめた。

春は欲望が中途のまま不満気だったが、仕方なく雪とともに母屋へ引き上げていった。

「さあ、お送りしましょう。これも京の町のためと思い、許してくださいね」

志保が言い、やがて和香とともに乙松を引き立たせ、そのまま送っていくことにした。幸い、春が責めている最中だったので、俊介が乙松を犯したことは春と雪以外には知られずに済んだようだった。

「では、全く無実の女性を捕らえたのですか」

帰りかけようとしている斎藤に、俊介は言った。

「いや、彼女の兄が長州の手先となっていたのは事実だ。乙松はそうとは知らず、ただ金の無心をきいてやっていただけだ。だから、嫌疑としては充分だった」

「それで、兄という浪人は」

「今朝がた追い詰め、私が斬った」

「そうですか……」

無事に帰れても、乙松はやがて兄の死を知り悲しみに暮れるに違いない。だが、この京にはそうしたことが山ほど起こっているのだろう。

やがて斎藤は屯所へ帰ってゆき、俊介も母屋に戻った。

間もなく、志保も帰ってきた。

彼女は、もうすっかり幕末の人間になっているかのように、目を輝かせて、深夜の巡察や新選組の面々のことを得意気に話した。

「ひょっとして、人を斬ったんじゃないでしょうね」

俊介は不安気に訊いてみた。

「まだ斬っていないわ」

「斬りたいですか」

「ええ。斬らなければ斬られるもの」

「そんな危ない場所へ行かなければいいんです」

「俊！　お前まだ現代に戻れると思っているの」

志保が美しい眉を吊り上げて言った。

「戻れるでしょう。こうして順々に先へ飛んでいるんだから。むしろ、もっとひんぱんに行なえば」

俊介は、欲望が湧いたというよりも、どんどん変わってゆく志保に剣呑《けんのん》な思いを抱いて迫った。

「やめて！　私はまだこの京にいたい！」

志保は彼を突き離した。

「し、志保さんは間違っている。歴史上に、自分が死んだという記録はないから、決して死なないと思い込んでいるんでしょう。でも、ここは僕たちが居ていい場所じゃないんです」

「お前は、歴史に名を残したくないの？　あんなぬるま湯のような現代で、こせこせと小さな競争をして幸せなの？　私は今やっと充実する世界を見つけたのよ」

志保はきつい眼差しで言い放った。

どうやら俊介より、和香や新選組の面々と多く接しているうち、すっかり一人前の剣客《けんかく》になったような気分でいるのだろう。

「じゃ、どうするんです。このまま居残って、新選組と一緒に滅びるんですか。今に薩長の砲撃が始まるんでしょう」

「それでも構わない。お前一人だけ現代に帰るわけにいかないのなら、どうか諦めて私と一緒にいて」

「…………」

言われて、俊介は肩を落とし、一瞬恭順の意を表した。すると志保も、少し力を抜いて油断したようだ。

その瞬間、俊介はいきなり志保に抱きつき、強引に唇を奪ってしまった。

「ウ……！」

志保は呻き、必死に彼を振り払おうとした。しかし俊介も、懸命に力を込めて抱きすくめ、舌を差し入れていった。これで時間を飛べなければ、志保に容赦なくブチのめされることだろう。

すると幸い、いつもの目眩が起こり、周囲の情景が変わった。

「バカ！」

志保は気を失いもせず、激しい平手打ちを見舞ってきた。そして周囲を見回し、

「どこなの、ここは……」

不安気に言った。頰を押さえながら、俊介も辺りを窺った。

京なのだろうか。昼間だが砂塵がもうもうと舞い、家屋はどれも崩れ、あちこちに

死体が横たわっている。

遠くから、ドーン……！　という砲声が聞こえてきた。

「まさか……」

志保は瓦礫《がれき》の陰から通りの様子を探ろうと顔を出し、俊介もそれに従った。

3

「これがもし鳥羽伏見《とばふしみ》の戦いだとしたら慶応四年一月、もう井上源三郎さんは戦死してしまったか……」

志保は沈痛な面持ちで、それでも左手を刀にかけながら注意深く視線を走らせた。

近在の住民たちはみな避難し、転がる死体は幕府軍の侍ばかり。攻め寄せてきた薩長の連合軍はすでにこの地を行き過ぎ、さらなる追撃をしているようだった。

砲声は遠ざかっているし、残党狩りもいないようなので、まずここは安全と言うことだろう。

それでも俊介は、ガクガクと身体の芯が震えて、立つこともままならないほど怯えていた。

何しろ、砲撃の音など生まれて初めて聞いたのだ。いかに遠くから聞こえようとも、その地響きは言いようのない不安とともに腹の底に伝わってくる。

「お前が余計なことをするから、肝心なところに立ち会えなかったではないか！」

やがて志保は俊介を振り返り、今にもまた殴りかかりそうに睨み付けた。

「一気に三年あまりを飛んでしまった。もう明治元年だ！　山南さんの切腹も、油小路の藤堂さんの死も救えなかった。そして優しかった井上さんも」

「む、無理だよ。それらは歴史上の事実なんだから、いくら助けようとしたって……」

俊介は、この時代に取り憑《つ》かれている志保をたしなめるように言ったが、彼女の闘争本能は一向に衰えることがなかった。

「俊、ここでお別れだ。お前といるといつへ飛ばされるか分からない」

志保は言い、砲声の方角に向かって早足に歩きはじめてしまった。

「志保さん！　どこへ」

「大坂だ。負傷した近藤先生は大坂城に居る。今は散りぢりの新選組も、間もなく大坂城に集結する」

俊介は追おうとしたが砲声と死体の山に腰が立たず、志保の後ろ姿は見る見る遠ざかっていった。

「…………」

どうせ行き先は分かっている。志保だって不案内な土地だから、そう早く着けるわけもないだろう。俊介は嘆息し、とにかく気持ちを落ち着けてから、自分もノロノロと歩きはじめた。

幕軍の死体は、どれも無残なものだった。斬り合いではなく、砲撃によるものだから肉体が原形をとどめていない。大砲や銃に対して、刀で立ち向かったのだから無理もない結果であった。

住民たちはどこへ行ったのだろう。砂塵の中、動くものが何も見えない。

風は冷たいが、寒さを感じる余裕もなかった。とにかく、水でも貰おうと民家を探した。

と、死体の中に動くものがあった。見れば、鉢巻きに胴を着けた戦《いくさ》支度であるが、それは若い女ではないか。

「あッ！　雪さん……」

顔を見て、俊介は驚いて駆け寄った。

「俊介どの……」

雪も、横たわったまま目を向け、微かに笑みを洩らした。

「大丈夫ですか。いま医者に運びますからね」

言いながら顔を抱きかかえたが、砲撃によるものか、下半身は大変なことになっている。腸が弾けて破れ、血の匂いに混じって生々しい便臭が立ち昇っていた。動かすどころか、もう時間の問題ということが、素人の俊介にも分かった。

「本当にいつまでもお変わりない、不思議な方ですね……」

すっかり覚悟を決めているのか、雪は呑気な口調で言った。

彼女はもう二十代前半になっていよう。可憐でおとなしげに見えたが、江戸へ帰ることもなく、ずっと京で戦っていたようだった。両親はなぜ呼び戻さなかったのか、彼女もなぜ普通に嫁に行くことを考えなかったのか。武家とは、まったく俊介の理解の範囲を超えた人種であった。

いや、現代人の志保でさえ、あのように変わってしまうのだ。時代に関係なく、世の中には戦いを好むものと好まぬものの二種類がいるのかもしれない。

「和香さんや春さんは……」

訊いても、雪は知らぬというふうに首を横に振るだけだった。混戦の中で見失ったのだろう。

「もし、また江戸へ行くことがありましたら、どうか私の髪を……」

「そんな気弱なことを言っちゃいけない」

「俊介どのにお願いがございます。どうか、私にとどめを」

雪が、震える手で自分の脇差を指した。

「できません。そんなこと……」

「お願いです。貴方が、私の知るたった一人の男なのです……」

熱い眼差しで懇願され、その顔を抱きかかえながら、俊介は迷った。しかし、最後の願いなのだから聞いてやるべきなのだろう。

俊介は左手で彼女を抱きながら、右手で脇差を抜き取った。震える手で、その切っ先を雪の白い喉にあてがう。

「どうか、口吸いを……」

雪がか細く囁くと、俊介は唇を重ねた。乾いた口を湿らせながら舌を差し入れ、血の混じった唾液を舐め回した。すると雪は、意外なほど強い力で彼の舌にチュッと吸い付いてきた。

俊介は覚悟を決め、脇差に力を込めようとした。

だが、その寸前、雪の吸う力が消え失せ、彼女の呼吸は停まっていた。どうやら俊介が刺す前に、雪は息絶えたのだった。

俊介は唇を離して、そっと彼女を横たえ、抜いた脇差で長い髪を切り取った。一束のそれを輪にして結び、懐中に入れて立ち上がった。

人の死に立ち会った衝撃はあるが、周囲は累々たる死体の山だ。次第に俊介も通常の感覚が麻痺しつつあるのだろう。泣くこともなく、彼は他の生存者がいないか探しながら、民家の方へと歩いていった。

砲声ももう聞こえず、だんだん日が暮れてきたようだ。

歩くうち、瓦礫ではなく次第に損傷のない町並みにたどり着いた。戦闘が終わったので、どこかへ避難していた人々も家に戻りはじめているようだった。

「すみません。お水を頂けませんか」

俊介は、一軒の家を訪ねた。大きな戦の直後だが、丸腰だからさして警戒されることもないだろう。

すぐに、奥から女性が出てきた。

「ま……、あんさん……！」

女性が目を丸くし、まじまじと俊介を見た。

「お、乙松さん……？」

俊介もすぐに気がつき、驚いて言った。

あれから三年余り、乙松は二十三、四歳になっていよう。まだ眉は剃らずお歯黒もしていないから、嫁いではいないようだ。しかし髪型も着物も地味なので、芸妓はやめたらしい。

それでも整った美貌は二十歳前後のままだった。もっとも俊介にとっては、ついさっき土蔵で乙松と別れたばかりなのである。

「お一人どすか」

「はい。僕だけです」

「ならばお入りやす」

言われて中に入ると、すぐに乙松は戸締まりをした。座敷へ通されたが、他には誰もいないらしい。

ちょうど夕餉の支度が整ったところらしく、質素な一汁一菜でも俊介には何より有難かった。

「僕を、恨んでいるでしょうね。なのに、どうして」

食事を終えると落ち着き、俊介はあらためて彼女にした仕打ちを思い出した。

「いいえ……、それは、縛られて少しのあいだ不自由な思いはしたけれど、その後のことを思えば大したことあらへん。兄の死を知って新選組を恨んだこともありましたが、兄自身が勤王志士を気取り、押し込みで人を殺《あや》めたりしておりました」

乙松は、茶を入れながら昔語りをした。

兄の死とともに芸妓をやめ、乙松は前から贔屓《ひいき》にしてくれていた呉服問屋の大旦那の囲いものとなり、この家を貰ったようだ。名も、本名の松枝《まつえ》に戻っているらしい。

その大旦那も高齢のため、今は戦に備えて避難したきり音信が絶えているという。

乙松こと松枝にとっては、しみじみとした過去の話なのだろうが、俊介にしてみれば数時間しか経っていないので実に不思議な思いだった。

「これから、どないされるおつもりですか」

「もし今夜泊めて頂けるのでしたら、明朝早くに発って大坂に向かいます」

「そうどすか。他のお仲間は」

「生き残った者は、先に行っているでしょう。ほとんど死んだのでしょうが」

和香は無事だったのだろうかと、俊介は気になったが、それ以上に志保が心配だった。何しろ、彼女がいなければ現代に戻れないだろう。

どうしてあの時、無理にでも追っていかなかったのかと悔やまれたが、志保が俊介を拒む勢いが激しかったので仕方がなかったのだ。

やがて日が暮れると、松枝が床を敷いてくれた。

4

「うちは、どないしても俊介はんのことが忘れられへんのどす……」

松枝が、俊介を布団に誘いながら言った。

「あんな恥ずかしいことしやはる人、他にはいやしまへん」

前や後ろを舐めたことを言っているのだろうが、彼女にとっては三年以上も前なのに、よほど印象に残ったようだった。

そして彼の道着を脱がせはじめ、全裸にしてしまった。一晩の飯代の代わりに、好きにさせろというふうに迷いのない仕草だった。

「あのときは恐ろしゅうて、ようお顔を見てへんかったけれど、なんや、まだ可愛らしいぼんやないの……」

松枝は行灯を引き寄せて言いながら、自分もシュルシュルと帯を解き、たちまち一糸まとわぬ姿になった。

俊介が横たわると松枝も添い寝し、すぐにピッタリと肌をくっつけてきた。

もう芸妓ではないし、こんな戦の最中なのでお化粧もしていないが、間近で見ても松枝は色白できめ細かい綺麗な肌をしていた。

俊介は例によって、甘えるように腕枕してもらい、松枝の甘ったるい濃厚な体臭に包まれてうっとりとなった。着物姿で縛られているときには、辛うじて片方をはみ出させただけなので良く分からなかったが、今は目の前いっぱいに、優にも匹敵する見事な巨乳が広がっていた。

「なあ、今日はうちの好きにさせてもろてよろしおすか」

松枝が、熱く湿り気ある吐息で近々と囁く。ほんのり白粉に似た甘い匂いがしたので、これが彼女の本来のフェロモンのようだった。

俊介が小さく頷くと、松枝は彼の頬に手を当て唇を重ねてきた。

小さくぷっくりした唇が、懐かしい弾力を伝えて吸いつき、すぐにもヌルリと柔らかな舌が潜り込んだ。

松枝は彼の口の中を隅々まで舐め回し、温かな唾液を送り込んできた。俊介も甘く濡れた彼女の舌を味わい、心地好く喉を潤した。

松枝はいつしか両腕でシッカリと俊介の顔を抱え込み、なかなか口を離してくれなかった。こんな控え目そうに見える美女でも、やはり高齢の旦那とも会えぬ日々を送り、熱い欲望を秘めていたのだろう。

ようやく唇が離れたかと思ったら、松枝はそのまま俊介の鼻の穴を舐め、頬から顔中まで舌を這わせてきた。

俊介は、松枝のかぐわしい吐息と唾液の匂いに包まれながら、激しく勃起した。

松枝も舐め回しながら、そっと指で彼の強ばりに触れてきた。

「こんなに立ってはる。嬉しいわ……」

松枝は囁き、彼の首筋から胸へと舐め下り、いったん身を起こした。何をするのかと見ていると、脱いだ着物の中から桃色のしごきを取り出し、それを俊介の両手首に結びはじめたではないか。

「しばらくの辛抱どす。今日は、うちが俊介はんをくくります」

舌なめずりしながら言い、松枝は余った紐を枕許の柱に縛りつけてしまった。

俊介は両腕を頭上に差し上げ、自由を奪われた形になった。それでも両手首だけで、他は全て自由なので彼女が遊び心でしているのが分かった。

「さ、これでうちの自由どす。叩こうと、お尻にすりこぎを入れようと、俊介はんは何も抵抗できしまへん」

松枝が妖しい笑みを含んで言い、俊介も不安まじりの甘美な興奮に胸を弾ませた。

「何をしてほしいかお言いやす」

松枝が、屹立しているペニスを弄びながら言った。

「舐めてほしいです……」

と答え、俊介は彼女の手のひらの中でピクンとペニスを震わせた。

するとと松枝はすぐに屈み込み、彼の股間に熱い息を吐きかけながら亀頭をパクッと含み、内部でクチュクチュと舌をからみつかせてくれた。

「ああ……」

温かな口の中でペニスは最大限に膨張し、俊介は快感に喘いだ。何とも滑らかな、シルク感覚の舌の蠢きとヌメリが堪らなかった。

さらに喉の奥まで含み、唇でキュッと丸く締めつけて、吸いながらスポンと引き抜いた。陰嚢にも舌を這いまわらせ、尿道口も念入りに舐めてくれた。

「それから？」

俊介がいよいよ危うくなる前に、松枝は顔を上げて次の要求を促した。

「僕も、舐めたい。顔を、跨いでください……」

言うと、僅かにしろサディスティックな興奮を得ていたらしい松枝は、さすがに少しためらった。

「また、あの時のように舐めてほしいけれど、跨ぐのは堪忍どす……」

「どうか、それが望みなのですから」

「うちへの償いで仰っているのなら、そないなお気遣いは……」

「いいえ、本当にされたいのです。さあ」

俊介が再三せがむと、松枝も欲望と好奇心に負けて迫ってきた。

「本当に、こんなことしてよろしおすのか……」

小刻みに足を震わせながら、それでも松枝はとうとう仰向けの俊介の顔に跨ってきてくれた。

俊介の鼻先に熟れた果肉が迫った。

両手が縛られているので腰を抱けないのが物足りないが、大股開きのため開かれたワレメとはみ出した陰唇、中の柔肉までが丸見えになり、しかも馥郁たる女の匂いがタップリと顔に吹き付けてきた。

「もっと近くへ……、座っても構いませんから」

言うと、松枝は恐る恐るワレメを彼の顔に触れさせてきた。

柔らかな茂みに鼻が埋まると、何とも悩ましい汗とオシッコの匂いが胸いっぱいに広がってきた。

俊介が舌を伸ばし、ワレメの中に差し入れると、そこはすでに熱くヌルヌルと潤い、今にもトロトロと滴りそうなほど大量の愛液が溢れていた。

うっすらと酸味を含んだ蜜を舐め取り、陰唇に吸いつき、柔肉をクチュクチュ掻き回しながらクリトリスに舌を這わせていった。

「アアッ……！」

松枝が快感に喘ぎ、しゃがみ込んでいられず両膝を突いた。もちろん股間を離すようなことはせず、むしろ大胆に押し付けてきた。

俊介は執拗にクリトリスを舐め上げ、新たに溢れた愛液をすすり、さらに縛られながらも潜り込んで白く豊かなお尻の真下に移動した。顔中に双丘が密着し、谷間に鼻を押し付けると、可憐なピンクの肛門には秘めやかな刺激臭が籠もっていた。

「いい匂い……、これは何の匂いですか」

「あン！　そないなこと、言うたらあきまへん……」

松枝は羞恥にクネクネと腰をよじらせ、声を震わせて言った。

俊介は舌を這わせ、細かな襞の収縮を味わいながら、さらに内部にもヌルッと押し込んで、淡い味わいのある粘膜を舐め回した。

「あ……、ああ……、恐ろしいほど、気持ちよろしおす……」

松枝がキュッキュッと肛門を震わせて口走った。

それでも、やはりクリトリスの方が良いように、自分から股間を移動させ、今度は大胆に強くグリグリと彼の鼻と口にこすりつけてきた。

「もっと、もっと舐めておくれやす……、アアッ！」

松枝は夢中になって喘ぎ、生温かい大量の蜜で俊介の顔中をヌルヌルにさせた。

5

「どうか、このままオシッコしてみてください……」

とうとう俊介は、胸に秘めていた願望を口にしてしまった。土蔵で彼女の排泄を見てから、どうにもそれを口にしたくて堪らなかったのだ。

「な、何をお言いどす……」

「少しでいいから、飲んでみたいんです」

「あきまへん。こんな可愛いぼんにそないなことしたら、バチが当たります……」

「どうか、お願いします。土蔵でしているのを見たときも、欲しくて仕方がなかったんです」

「見られたときは、恥ずかしいのと何やら気持ちええので不思議な気分になりましたが、お顔にするなんて、滅相もない……」

松枝は尻込みしたが、愛液だけはトロトロと湧き出し続けていた。

そして俊介が再三促し熱望すると、ようやく松枝も決心してくれたようだった。

「本当に本当に、よろしおすのか……。どれぐらい出るか分からへんけど、溺れるほど出てしもたら……」

松枝は言いながらも、徐々に下腹に力を入れはじめた。俊介も、彼女の集中を妨げないよう舐めるのを止め、根気よく待った。

すると、ようやく内部の柔肉が蠢き、チョロッと温かなものが流れてきた。

「あ……」

松枝が喘ぎ、あとは止めようもなくチョロチョロと俊介の口の中に流れ込んできた。

幸い、言うほど勢いはなく量も少なかったから、俊介は味わいながら咳込むこともなく喉に流し込んでいくことができた。

温度はさして高くなく、ぬるいお茶ぐらいだ。味も刺激的ではなく、こんなにスンナリ飲めるのかと思うほど淡いものだった。しかし香りは独特で、飲んだあと鼻に抜ける成分が何とも艶めかしく俊介を酔わせた。

やがて流れは、彼の口から溢れる前に治まってしまった。

俊介はビショビショに濡れているワレメ内部を舐め回し、余りのシズクを全てすすった。するとたちまち新たな愛液のため、オシッコの味と匂いが消え去って、うっすらとした酸味とヌメリが満ちてきた。

「ほ、ほんまに飲んでしまいやしたの……」

松枝が、信じられない思いで言った。そして何度か肌を痙攣させ、小さなオルガスムスの波を感じているように彼の顔の上で悶えた。

やがて、座っていられなくなり、松枝はノロノロと身を離した。

「まだお願いがあります。僕の腹に座って、両足を顔に載せてください」

俊介は激しく高まりながら言った。オシッコまで飲んでしまったのだから、もうどんな恥ずかしい要求でも口にすることができた。それに松枝も、大それたことをしてしまった興奮に度を失い、少々のことならしてくれそうに思えたのだ。

「またけったいなことを……、こうどすか……？」

松枝は、思った通りフラつきながらも彼の腹に座り、立てた両膝に寄りかかってきた。俊介は、まるで人間椅子になった気分だ。

さらに促され、松枝は震えながら片方ずつ、足の裏を彼の顔に載せてきた。

両足が載ると、彼女の全体重が俊介の腹と顔にかかった。足裏は汗ばみ、指の股も濃厚に蒸れた匂いを籠もらせている。

「こんなこと、嬉しいんどすか……」

松枝は声を震わせながらも、腰にトントンとノックするペニスを感じ、俊介が激しく悦んでいることを察したようだった。

俊介は彼女の足裏を舐め、爪先にもしゃぶりついて、ほんのりしょっぱい味を心ゆくまで堪能した。

「アア……、い、いけまへん……、そないなところ舐めたら……」

松枝がクネクネと身悶え、座り込んでいる俊介の腹にヌラヌラと愛液を溢れさせてきた。密着するワレメは吸盤のように吸いつき、全身で熟れた女体を感じ取るのは何とも言えない快感だった。

「も、もう堪忍……、うちは、我慢できまへん……」

とうとう松枝は俊介の顔から両足を離し、そのまま股間を移動させ、ペニスを柔肉に収めながら女上位で座り込んできた。

勃起したペニスがヌルヌルッと一気に蜜壺に呑み込まれ、股間同士が密着すると、俊介は暴発しそうになるのを必死に堪えた。松枝も上体を起こしていられず、すぐに身を重ね、巨乳を彼の顔に押し付けてきた。

「吸って……」

乳首を含ませるので、俊介も屈み込みながら強く吸いついた。

動かなくても、深々と入っているペニスが狭い柔肉に締め付けられ、息づくような肉襞の摩擦で刺激され続けていた。

溢れる愛液は陰嚢と内腿までベットリと濡らし、俊介は左右の乳首を交互に含みながら舌で転がし、甘ったるい体臭に包まれて高まった。

さらに色っぽい腋毛の煙る腋の下にも鼻を潜り込ませて、濃厚で新鮮な汗の匂いを嗅ぎ、伸び上がっては唇を重ねた。

「ンンッ……!」

松枝も熱く甘い息を弾ませながら舌をからめ、徐々に腰を突き動かしはじめた。

「ああ……、なんてええ気持ち……。ねえ、お願い。俊介はん。大坂へ行くのはやめて、ここでうちと暮らして……」

松枝が次第に動きを激しくさせながら言った。

「弟でも子でも構しまへん。うちの家族になっておくれやす。うちは、何でも致しますさかい、どうかいつまでもここに……。もし嫌だとお言いなら、縄を解かず貴方はんを飼うことにします」

高まりながら口走る松枝は、実に魅惑的なことを言ってくれた。

「大坂に、好きなおなごはんがおりますのか。新選組と手を組んだ、人殺しがお好きなんどすか。うちが尽くしますさかい、後生やから、どうか……、アアッ！ 気持ちええ、い、いく……！」

喋りながら、松枝はとうとう大きなオルガスムスの渦に呑み込まれたように、狂おしくガクンガクンと全身を波打たせた。いく、という表現は当時も同じだったようだ。同時に膣内が悩ましい収縮と吸引を開始し、ひとたまりもなく続いて俊介も激しい快感に貫かれてしまった。

「ああっ……！」

俊介も声を上げ、下からズンズンと股間を突き上げながら、ありったけの熱いザーメンを彼女の内部に噴出させた。

「あう……、熱……、もっと出して、うちの中に……、アアーッ……！」

松枝は、何度も何度も湧き起こる絶頂の波に身悶え、グリグリと股間を擦り付け続けた。そして俊介の耳たぶに歯を立て、頰を舐め、繰り返し唇を重ねながら巨乳を押し付けてきた。

　俊介は熟れた女の匂いに包まれながら最後の一滴まで絞り出し、うっとりと余韻に浸った。松枝も、ようやく動きを止めてグッタリと力を抜き、深々と入ったままのペニスを執拗に締め上げた。

「アア……、良かった……」

　松枝も満足げに呟いたが、精根尽き果てたかに見えた彼女は、ゆっくりと股間を引き離すと、なおも俊介の胸や腹を舐め、自分の愛液とザーメンにまみれたペニスを念入りにしゃぶりはじめた。

　どうも、まだまだ欲望はくすぶっているようだった。

　射精直後の亀頭を吸われ、俊介はペニスを震わせて喘いだ。しかし激しい勢いで舐められるうち、またもや彼自身もムクムクと急激に回復した。

「嬉しおす……、すぐにもこんなに硬《かと》うならはって……」

　松枝は囁きながらペニスに頬擦りし、その巨乳にも挟みつけてモミモミと刺激してくれた。それはまるで、身体中が松枝の甘い匂いのする肌に包み込まれているような快感だった。

　俊介は彼女の欲望に巻き込まれるように、すっかり再びその気になって元の大きさを取り戻してしまった。

結局、その夜は何度となく奮い立たされ、俊介は松枝の口の中や女上位での膣内に数え切れないほど射精させられたのだった。

最後は、ようやく松枝も深い満足の中で放心状態になった。

俊介は彼女の豊かな胸に顔をうずめながら、ほとんど気を失うような形で深い眠りに就いたのである。

第五章　真夜中の女剣士

1

「どうしても、行かはりますか……」

「ごめんなさい。お世話になりました」

俊介は、松枝に深々と頭を下げた。

結局、松枝は彼の縛《いまし》めを解いてくれたし、覚悟もしていたのか、明け方は早起きをして食事の支度もしてくれていたのだった。

「大坂なら、桂川沿いに南へ下って行くとよろしおす。これで、辻駕籠《つじかご》でも拾うておくれやす」

朝餉が済むと、松枝は金を渡してくれた。二分金が四枚、二両である。貨幣価値が分からないが、大金だということは俊介も感じた。

「そんな、頂けません……」

俊介は固辞したが、松枝は無理にも、竹筒の水や握り飯と一緒に金を持たせてくれた。

やがて明け六ツの鐘が鳴り、日が昇りはじめると、俊介は出立することにした。

「乙松、いえ松枝さん。あなたのことは決して忘れません」

俊介は、二度と会うこともない京美人に別れを告げ、悲しげに見送る顔を見るのが辛くて振り向かずに歩きはじめた。

いつまでも滞在したい気持ちはあるが、自分はこの時代の人間ではないのだ。とにかく早く志保と合流し、強引にでも現代に戻らなければならない。

俊介は桂川を探し、流れに沿ってひたすら歩きはじめた。

一夜明け、町々は徐々に活気を取り戻しはじめている。鳥羽伏見の戦いも、戦火にあったのは幕軍の陣地のあるほんの一部であり、一般人の死傷者はほとんどいなかったようだった。

ようやく駕籠を見つけると、二分金を一枚渡し、行けるところまで行ってもらうことにした。

それは山駕籠という、覆いもないむき出しのもので、丸い笊《ざる》のようなところに腰を下ろす。摑まる紐もないので、竹製の骨組みにしがみついた。何しろ揺れがひどくて尻が痛くなったが、さすがに歩くよりはずっと速い。それに揺られているうち、僅かに尻を浮かして楽に乗る方法に慣れてきた。

そして何度か駕籠を乗り次ぐうち、桂川は淀川と合流し、日が真上に昇る頃には京を出て大坂に入った。

「あ、ここでいいです」

俊介は言い、駕籠を降りた。淀川の河原で、遠くで水を飲んでいる志保の姿を発見したのである。

やはり彼女も川沿いのコースを選び、しかも金が無いから徒歩のため、簡単に俊介は追いついてしまったようだった。

河原に下り、志保に近づくが、彼女はまだ気づいていない。そして周囲を見回してから袴を下ろし、白いお尻を見せてしゃがみ込んだ。俊介は葦《あし》の原に身を隠しながら、ゆっくりと迫っていった。

広い河原には、二人のほか誰もいない。上空にトンビが一羽、のんびりと輪を描いているだけだった。

間もなく、軽やかなせせらぎが聞こえてきた。しかし期待したが、昨夜から何も食べていないようで、大きい方は出ないようだ。

懐紙一枚持っていない志保は、そのまま拭かずに立ち上がってしまった。

そこへ俊介が現われた。

「キャッ……！」

志保は驚き、袴を上げる余裕もなく、傍らに置いた刀に手を伸ばそうとした。

「俊……、驚かさないで……」

一瞬青ざめた志保は、ほっとして表情をゆるめた。そして俊介が近づくと、いきなり彼に抱きついてきたのだ。一人で野宿して、相当心細かったようである。やはり和香たちのいる町中と違い、河原に一人きりでいると、すっかり現代人の彼女に戻ってしまったようだった。

俊介も、一晩のうちにタップリと染みついた志保の甘い汗の匂いに興奮し、強く彼女を抱きすくめた。

「待って……、キスしないで……」

志保が顔をそむけて言う。

俊介も唇は求めず、そのまま彼女を草に押し倒し、丸出しになったままの股間に顔を埋めていった。

「あ……、そこは……」

志保がためらったが、俊介は構わずオシッコに濡れているワレメに顔を押し当ててしまった。

真昼の陽射しに照らされた太腿は何とも健康的に輝き、ぷっくりとはみ出した陰唇は新鮮なオシッコにキラキラとして、内腿の方まで濡らしていた。

若草には甘ったるい汗が馥郁と満ち、俊介は、やけに懐かしい志保の匂いを胸いっぱいに嗅いだ。

舐めはじめると、うっすらとしょっぱい味が舌を濡らし、たちまち新たに溢れた愛液がヌルヌルしてきた。俊介はクリトリスを吸い、脚を浮かせて微かな刺激臭の籠もる肛門まで念入りに味わった。

「アア……、ダメ……、俊のバカ……」

志保はヒクヒクと下腹を波打たせて喘ぎ、寂しさも手伝って次第に快感に夢中になっていった。

俊介も急激に高まり、舐めながら袴を下ろし、ピンピンに勃起しているペニスを露出させた。

そして陽射しを眩しがるように俯せになった志保のお尻を抱え、身を起こした俊介はバックからゆっくりと挿入していった。屋外だと、獣に戻ったようなバックスタイルが自然に行なえた。

「あぁーッ……！」

ヌルヌルッと根元まで押し込むと、志保が背中を反らせて喘いだ。

俊介は、焦らすことなく性急にズンズンと腰を突き動かし、志保の熱く濡れた膣内の摩擦を堪能した。高まりに合わせて彼女の背中に覆いかぶさり、両脇から回した手で乳房を揉みしだいた。

「ダメ、何だか……、身体が変に……」

志保もお尻をクネクネと動かしながら、声を上ずらせて口走った。どうやら生まれて初めて、膣感覚でのオルガスムスが湧き上がってきたようだった。

「やめて……、恐いわ……。お願い、俊。飲んであげるから、抜いて……」

しかし志保は、初めての絶頂を恐れるように身を強ばらせた。

俊介は迷ったが、これからまた長く歩かなければならないのだ。それには志保が精根尽き果ててしまったら困る。

快感の途中だったがヌルッと引き抜き、俊介は草の上に身を投げ出した。

志保はハアハア息を弾ませながらも約束を守り、すぐに彼の股間に屈み込んで、パクッとペニスを含んできてくれた。

俊介は、志保の吸引と舌の感触に身を委ね、急激に高まっていった。

志保も、まるで渇きを癒すように激しく吸い、顔全体を上下させてスポスポと摩擦してきた。

「ああ……、いく……！」

たちまちオルガスムスの快感に貫かれ、俊介は志保の清らかな唾液にまみれながら、勢いよく大量のザーメンを彼女の喉の奥に向けてほとばしらせた。

「ク……ンン……」

口に受け止めながら志保は小さく声を洩らし、次々に喉に流し込んだ。

彼女の喉がゴクリと鳴って飲み込まれるたび、口の中が締まって快感が増し、俊介は身悶えながら全て絞り尽くしてしまった。

志保も最後まで飲み干し、尿道口をチロチロ舐め回してヌメリを吸い取ってから、ようやくチュパッと口を離した。

やがて俊介は余韻を味わってから身を起こし、二人で身繕いし、松枝に貰った握り飯を食べた。握り飯は三つあったが、もちろん志保が二つだ。

「どこへ泊まったの。このお握りも」

ようやく人心地ついた志保が言う。

「土蔵に監禁されていた乙松さんと再会したんです。金も貰ったから、駕籠を探して大坂へ向かいましょう」

「そう……」

志保は頷き、それ以上のことは聞かなかった。

二人は立ち上がり、河原から街道に出て、駕籠を探して歩きはじめた。

2

「あそこに、斎藤さんや和香さんが……!」

志保が指す方を見ると、確かに、新選組や幕府軍の生き残りが浜に集まっていた。

沖には、夕陽を浴びた大きな船が停泊している。

どうせ大坂城に行っても入れてもらえないだろうから、志保と俊介は人だかりを見つけて、淀川の下流、安治川の河口に来ていたのだった。現代で言えば、大阪府港区の海辺である。

「すると、あれが天保山。船は、幕府の軍艦の富士山丸だわ」

志保が、左岸の丘と沖の船を見ながら言う。

これから新選組の生き残りや幕府軍が乗り込み、江戸に向かうところだった。富士山丸はアメリカ製で、全長六十八・三メートル。三百五十馬力、定員百四十二人乗りの最新型スクリュー船だった。

この船なら、三日もあれば江戸に着くことができるだろう。

「まあ！　志保さま！」

和香が気づき、こちらに駆け寄ってきた。彼女は怪我もなく、表情も明るかった。彼女にとっては三年以上ぶりに二人に会うのだ。和香は、もう二十二、三歳になり、大人の雰囲気を漂わせた美女になっていた。

もう、とても和香は志保に対し、姉上とは呼べないだろう。

「なぜ大坂に。いえ、どうしてお二人は歳を取らないのです」

和香はまじまじと二人の顔を見つめた。

「和香さんもご無事で何より。会えて嬉しいです」

志保は答え、何とか自分たちも乗船できないものかと頼み込んだ。だが、定員いっぱいで、まして素性の知れぬ二人に許可が下りるはずもなく、さすがに志保も不承不承諦めるしかなかった。

先に、負傷した近藤勇や、労咳《ろうがい》が悪化して動けない沖田総司、その他の怪我人から先に小船に移され、沖の富士山丸に乗船をはじめていた。

「では、これを。雪さんの遺髪です。僕が最期《さいご》に立ち会いました」

俊介は、雪の髪を和香に託した。話では、春も砲撃によって戦死したようだった。

「わかりました。雪の家に届けます。そろそろ乗り込まねばなりませんが、またお目にかかれるでしょうか」

和香が、斎藤一に促され、小船へと向かいながら言った。

「ええ、必ず」

志保は頷き、和香の手を握った。

やがて一向は順々に小船に乗り込んでゆき、二人は人込みを離れた浜に座って出航を見送った。

「どうします。これから」

「江戸へ行きたいわ……」

「どうやって。金も少ないし、歩いたら何週間かかるか分からないです。だいいち東海道は薩長軍が進撃しているんでしょう。ここはやはり、どこへ飛ぶか分からないけれど、他に方法はないでしょう」

俊介は志保の肩を抱きながら言った。

志保も今回は拒むことなく、そっと唇を寄せてきた。すっかり日が暮れ、誰も見ているものはいない。

唇を重ね、そっと舌を触れ合わせると、すっかりお馴染になった軽い目眩の感覚が二人を襲った。

「…………！」

急に視界が開け、その眩しさに二人は顔をしかめた。

目の前は、やはり海、ここは浜だった。だが朝のようである。

「どこかしら……、大坂の海とは景色が違うけれど……」

志保が言うと、後ろの方から声をかけられた。

「おう、朝っぱらからイチャつくんじゃねえや。どっから来やがった」

歯切れのよい物言いに振り返ると、一人の侍が焚き火をして弁当を広げていた。

他に人はいない。四十代半ばの彼だけである。

その顔を、俊介はどこかで見たことがあったような気がしたが、志保の方が先に気づいたようだ。

「か、海舟……、勝麟太郎《かつりんたろう》さまでございますね……」

「ほう、おいらを知ってるのかい」

勝が表情を和らげた。志保は感激して近づき、焚き火の側に膝を突いた。

「もちろん、咸臨丸《かんりんまる》の艦長で軍艦奉行の安房守《あわのかみ》さま」

「おおよ。そこまで知っているたあ気分がいいわさ。食いねえ食いねえ。かかあが他の役人の分まで作ってくれたんだ。なのに誰もまだ来やがらねえ。口惜しいから三人で片付けちまおうぜ」

勝が重箱を差し出してくれた。寒いので一杯やっていたのだろう。俵型の握り飯に漬け物、昆布巻きだけだが量はある。本当に俊介は、こちらの時代に来ても食い物に不自由していない幸運を思った。

「つかぬことをお伺い致しますが、今は何年でしょう」

「何年だあ？　戊辰《ぼしん》が明けたばっかりの十五日だが」

「では明治元年、いや、慶応四年のままでしたか。一月十五日なら、あれから何日も飛んでいないわ」

志保が顔を輝かせた。彼女は、現代に戻るより、なお継続してこの時代にいる方が嬉しいらしい。

ちなみに慶応四年が明治元年となるのは、この年の九月である。

「何を分からねえことゴチャゴチャ言ってやがる」

「では勝さまは、富士山丸を迎えにここへ。この海は品川ですね」

「なに、富士山丸まで知っているのかえ」

「え、ええ……、新選組の方々と知り合いなもので」

志保が答え、勝がまだ何か不審げに聞き質《ただ》そうとしたとき、沖に汽笛が聞こえ、船影が見えてきた。

さらに幕府の役人もぞろぞろと出迎えの集結をはじめた。役人たちは二人を見ても、勝と親しげに話しているので、彼の塾生ぐらいに思ってか咎《とが》めだてするようなこともなかった。

それに近在の住人たちも、大きな軍艦を物珍しげに見て、浜は多くの人でいっぱいになってきたのだ。

やがて船が停泊し、小船が迎えに出された。次々に乗員が運ばれてくるが、やはり最初は負傷した近藤と病人の沖田たちだった。

「沖田さん、大丈夫ですか……！」

浜から戸板に乗せられた沖田に駆け寄り、志保が言った。かなり顔が青く、身体も痩せ細ってしまっている。沖田このとき数え二十五歳。

「やあ、お二人ですか。大丈夫です。ただ笑うと咳き込んでいけない」

沖田は二人に笑みを向け、声だけは元気に張り上げたが、すぐに運ばれていった。

「し、志保さま！　なぜここに……！」

次に降りてきた和香が、二人を見て立ちすくんだ。

無理もない。三日前に大阪で船を見送った二人が、自分たちより先に品川に到着していたのである。スクリュー船より早く来る方法は、他に無いのだ。

「船旅はいかがでした？」

涼しい顔で言う志保に、和香はしばらく何も言えなかった。実際、夢でも見ている心地だったのだろう。

「まったく、お二人にはいつも驚かされます……」

ようやく和香が言った。どうやら、隠密の早駆けの術とでも、勝手に解釈してくれたようだった。

負傷者と怪我人は、とにかく駕籠で神田の幕府医学所へ送られてゆき、それ以外の者はひとまず品川宿の旅籠《はたご》に泊まることとなった。

和香は新選組隊士ではないが、京での功労が認められ富士山丸にまでは乗れたが、旅籠代までは出ない。それでも俊介はまだ松枝から貰った金の余りが二分あり、和香の所持金と合わせれば三人ぐらいの宿賃は何とかなった。

宿に落ち着くと、野宿と歩きづめで疲れていた志保はとにかく眠り込んでしまい、俊介は和香と一緒に風呂に入った。

新選組隊士は釜屋という大きな旅籠に泊まっているが、俊介たちは宿場の外れの木賃宿が空いており、しかし風呂があるのは有難かった。

「もしかしたら、あなた方は人ではないのではありませんか」

湯殿で全裸になった和香があらたまった口調で言い、やはり裸になっている俊介の身体をつぶさに見回した。どこへでも急に現われるし、一向に歳を取らないことが不思議でならないのだろう。

それよりも俊介は、すっかり成熟した和香の肢体に見惚れていた。

3

「僕がお流ししましょう、でも、湯を浴びる前に、どうか少しだけ……」

俊介は激しく勃起しながら言い、まだ汗に湿っている和香の身体を抱き寄せた。

唇を重ねても、和香は拒まなかった。

ぷっくりした魅惑的に熱い唇がピッタリと密着し、湿り気を含んだ吐息が馥郁と彼の鼻腔を満たしてきた。

さすがに長旅のあとだから、甘酸っぱい果実臭は今までで最大に濃くなり、匂いに酔い痴れた俊介は、それだけでも危うく漏らしてしまいそうになるほど高まってしまった。

舌をからめ、少しだけ粘り気の増している唾液を吸い、すぐに俊介は唇を離して移動していった。今は長いディープキスよりも、少しでも多く彼女のナマのフェロモンが味わいたいのだ。

汗と埃の匂いの染みついた長い黒髪にも顔を埋めて嗅ぎ、さらに艶めかしい和毛の煙る腋の下の窪みにも鼻を埋め込んだ。

ジットリ汗ばんだ腋には、何とも甘ったるいミルクのような匂いがタップリと籠もっていた。

「ああ……、くすぐったい……」

和香は嫌がらずに、俊介の顔を腋に挟んだまま喘いだ。

そのまま、すっかり熟れた巨乳にも顔を押し当てていった。

まだ乳首こそ初々しい薄桃色だが、その大きさはメロンほどもあり、胸元には汗の粒がポツポツと浮かんでいた。

乳首を吸い、谷間の汗を舐め、もう片方の乳首や腋にまで移動しながら、俊介は存分に美人武者の汗の匂いを嗅ぎ取った。

そして俊介は簀子《すのこ》に腰を下ろし、和香を浴槽のふちに腰掛けさせて、片方ずつ足を浮かせてもらった。汗と脂に湿った爪先は、やはり濃厚な匂いを染みつかせて、その刺激がじかに俊介の股間に伝わってくるようだった。

俊介は両足とも舐め、充分に味と匂いを嚙み締めてから簀子に仰向けになった。

「どうか、跨いでください。厠の格好で……」

「本当に、良いのですか……、洗う前で……」

和香も、興奮に頰を上気させて震える声で言った。

「ええ、戦場から戻ったばかりの、和香さんの気を頂きたいのです」

もっともらしいことを言うと、和香も恥じらいを堪えながら和式トイレスタイルで跨ぎ、しゃがみ込んできてくれた。

「アア……、何て、いけないことを私は……」

和香が息を詰めて言うが、ワレメからは白っぽく濁った大量の愛液が湧き出しているのが見えた。

ムッチリした健康的な脚が俊介の鼻先で大きくM字型に開かれ、はみ出した花弁まで僅かに開いて柔肉を覗かせていた。

腰を抱き寄せて柔らかな茂みに鼻を埋めると、これも今まで最高に濃厚なフェロモンが隅々にまで染み込んでいた。汗とオシッコの蒸れた甘ったるいミルク臭に加え、うっすらと生臭い大量の粘液の匂いが混じり、それに淡いチーズ臭を含んだ和香本来の体臭が微妙にミックスされていた。

「なんて、いい匂い……」

「う、うそ……、良い匂いのはずはないです……、アアッ……！」

舌を這わされ、和香が腰をクネクネさせて喘いだ。

大量の愛液も、酸味がはっきり感じられるほど熟成されていた。俊介は舌を差し入れてクチュクチュ掻き回し、滴る蜜をすすりながらクリトリスを舐めた。

「ああッ……！」

和香が喘ぎながら、懸命に脚を踏ん張って体重をかけまいとした。

俊介は顔中を愛液にまみれさせながら潜り込み、和香の丸く豊満なお尻の下に移動していった。

ピンクの肛門を中心として谷間に満ちる匂いも、生々しく新鮮な刺激だった。

細かに震える襞に舌を這わせ、うっすらと甘苦い味覚を味わいながら内部にもヌルリと押し込んだ。

「あう！　い、いけません……」

和香は声を上ずらせ、とうとうギュッと彼の顔に座り込んだ。俊介の鼻が熱く濡れたワレメに没し、俊介は心地好い窒息感の中で舌を蠢かせ続けた。

「そ、そこより、ここをどうか……」

お尻をくねらせながら、和香が自分から股間を移動させてきた。そして再び彼の口にワレメとクリトリスを押し付けてくる。やはり、この小さな突起が長身の和香を操るほど、最も感じる場所のようだった。

「和香さん、お願いです。どうかこのままオシッコを出してください……」

クリトリスを舐めながら、俊介は彼女の股の下から要求した。松枝との体験以来、どうにも女性の身体から出るものが欲しくて仕方がないのだ。

「そ、そんな……、なぜそのようなことを……」

「美しい和香さんから出るものを飲んでみたいのです。戦場で水がなければ、そのようにすると聞きます。それを試させてください」

またもやもっともらしいことを言い、俊介はクリトリスに吸い付き、柔肉を舐め回し続けた。

「あうう……、そ、そんなに舐めたら、本当に出てしまいます……」

和香の言葉で、これは出してくれるかもしれないと俊介は期待した。懇願しても、ダメで元々と思っていたのだ。

「いいですよ、出しても。さあ……」

再三促すと、とうとう和香の柔肉が迫り出すように妖しく蠢きはじめた。

「アア……、本当にいいのですね。知りませんよ、どうなっても……」

和香は喘ぎながら、とうとうチョロチョロと出してくれた。俊介は感激と興奮に胸を震わせながら、熱いそれを口に受けて喉に流し込んだ。

松技のものより味も香りも濃く、多少刺激的すぎる感じはあったが、それ以上に和香のものだと思うと悦びの方が大きかった。

しかし濃いぶん量は少なく、間もなく流れは治まり、俊介も溢れて咳き込むようなことはなかった。

「和香さん、もし出るのならば、大きい方も……」

俊介は、自分でも信じられないことを口にしていた。

乙松の排便を見て、それさえ彼には貴重で魅惑的なものという意識がくすぶっていたのである。

「そ、そればかりは……、そんなことをしたら生きてゆけません……」

和香は、さすがに拒んだ。それ以前に出ないのだろう。

そして彼女は、なおもクリトリスを舐められ、何度かオルガスムスの痙攣を起こすと、そのまま力尽きて横たわってしまった。

俊介は、激しく勃起したペニスを彼女の口に押し当てた。

「ンン……」

和香はすぐにスッポリと呑み込み、熱い息を弾ませてしゃぶりはじめた。

俊介は急激に高まり、美女の唾液にどっぷりと浸りながら身悶えた。

「わ、和香さん……、入れたい……」

思わず口走ったが和香は口を離さず、次第にスポスポと勢いをつけて唇で摩擦を開始してしまった。

「あ……、あぁッ……!」

俊介は我慢できず、あっという間に昇りつめてしまった。大きな快感に身をよじり、和香の口の中にドクンドクンとありったけのザーメンを噴出させた。

和香は、オシッコを飲んでもらったお返しのように、舌を這わせながら少しずつ喉に流し込んでくれた。

やがて最後の一滴まで絞り尽くすと、俊介はグッタリと力を抜いた。

飲み干した和香は濡れた尿道口を舐め回し、ようやく口を離して顔を上げた。

「入れるのは、どうかお部屋でゆっくりお願い致します……」

和香は荒い呼吸を繰り返しながら言い、ようやく湯を浴びてノロノロと身体を洗いはじめた。

俊介も起き上がり、彼女の背中を流してやり、やがて交互に湯に浸かってから部屋へと戻った。

眠りから覚めた志保が入れ替わりに湯に入り、その間に俊介と和香は布団の上であらためてセックスをし、激しく昇りつめたのだった。

4

「どうします、これから。和香さんは千駄ヶ谷の家に戻るようで、もう戦からは離脱するみたいです」

「そうね、好きな沖田さんが起きられないのでは、看病に徹するのかも……」

真夜中、俊介と志保は話し合った。

二人とも眠りから覚め、その傍らではすっかり満足しきった和香が軽やかな寝息を立てていた。

「移動しましょう」

俊介は言い、一人残る和香のため、有り金はすべて置いていくことにした。

志保も拒まず、二人で宿の浴衣から自分の着物に着替えてから唇を重ねてきた。

「…………！」

軽い目眩を起こすと、二人は真夜中の宿から一気に昼間へと移動した。

どこかの庭先ではないか。正面には藁葺屋根の家があり、その向こうには、さらに大きな母屋が続いている。

「どこかしら……」

志保が周囲を見回すと、庭先にいた一匹の黒い猫がニャアと鳴いた。

「あそこに、沖田さんが」

俊介は藁葺屋根を指した。開け放たれた障子から中の座敷が見え、確かに沖田総司が布団に横たわっている。

二人は縁側から上がり込んだ。

「やあ、まったくお二人は、神出鬼没ですね」

沖田が気づき、力ない笑みを浮かべた。品川の港で戸板に運ばれた時より、さらにやつれた感じだった。

「お加減はいかがですか……」

志保が、痛々しい思いで話しかけた。

「ええ、大丈夫です。話し相手がいなくて寂しかったところです。以前は近藤先生や土方さんも来てくれたけれど、最近は手紙も来ない。どうしているのかなあ。ご存じないですか」

沖田が弱々しく言うが、志保は何も答えられなかった。

この時点で、おそらく近藤は板橋で斬首されているだろう。土方は斎藤らとともに会津に向かっているはずだ。

と、そのとき庭先から和香が入ってきた。

「まあ！　いらしていたんですか……」

和香も上がり込み、目を丸くして二人を見た。すっかり着物姿と島田に結った髪が板につき、見違えるほどだった。

志保は、和香から巧みに情報を聞き出した。

今は慶応四年の五月下旬。品川の宿で別れてから四カ月余りが経っていた。

ここは沖田総司終焉《しゅうえん》の地となる千駄ヶ谷池尻、植木屋平五郎方の離れだった。

和香の道場である池野家からも近いので、彼女は毎日こうして沖田を見舞っていたようである。

しかし一向に沖田は快復の兆しもなく、日に日に弱っていた。

和香は沖田の身体を拭き、下着を替え、僅かでも粥《かゆ》をすすらせてから帰り支度をした。沖田の朝晩の世話は、母屋の老婆が見てくれているらしい。

二人は和香に誘われ、沖田のいる離れを辞して池野家に招かれた。志保と俊介は、前にも泊めてもらった部屋に通され、懐かしい思いで室内や中庭を見回した。

すでに道場は閉め、両親は早く和香に婿を取ってほしいようだ。実際、良縁もあるようだが、和香は沖田の看病で気持ちがいっぱいらしい。

やがて夕餉を終え、前と同じように志保と俊介はそれぞれの部屋に布団を借りて寝ることにした。

「私、どうしていいか分かりません……」

隣室から、和香の声が聞こえてきた。和香と志保は同じ部屋なので、二人で横になりながら話し合っているのだろう。

「沖田さまは、もう長いことないでしょう。その時を思うと辛いのです」

和香の呟きに、志保は何と答えて良いか分からないようだった。志保は和香以上に、歴史上の事実として沖田の間もない死を知っているのである。

「何だか、いつまでもお変わりなくずいぶんお若く見えるけれど、もう一度姉上さまと呼ばせてくださいな……」

和香が言い、甘えるように志保の胸に縋り付いていった。

「俊介どのも、どうかこちらへ……」

和香に呼ばれ、俊介はそっと襖を開けて二人の部屋に入った。

「お二人で、私を挟んで、どうか私と沖田さまを守って……」

何人もの浪士を斬った歴戦の女武者が、今はすっかり心細げな一人の女に戻って言った。

俊介も、和香を真ん中にして横たわった。

和香は不安を紛らすように二人の顔を抱き寄せ、唇を求めてきた。

志保と一緒に唇を重ねると、すぐにも和香は舌を伸ばし、二人の舌を激しく交互に舐め回した。

俊介は、トロリと濡れた柔らかな二人の舌と、混じり合った甘酸っぱい吐息を感じながら激しく勃起してきた。

和香も、快感に逃げ込むように次第に身悶え、舌をからめながら二人の身体を抱き寄せた。そしてもどかしげに帯を解いて、寝巻を脱ぎはじめる。

いつしか、志保と俊介も全裸になり、三人でからみ合いはじめていた。

俊介は和香の巨乳に移動して乳首に吸いつき、胸元や腋から立ち昇る甘ったるいフェロモンに酔い痴れ、さらに股間へと下降していった。

女二人は互いの胸の膨らみをこすり合わせ、唇を重ねながら指で髪や肌を愛撫し合っている。

俊介は和香の股間に潜り込み、さらに志保のワレメにも舌を這わせ、微妙に違う二人の味や匂いを心ゆくまで堪能した。

どちらの茂みも柔らかく、馥郁たる美女の匂いを籠もらせ、二人とも熱い大量の愛液を溢れさせはじめていた。俊介は念入りに二人のクリトリスを舐め、蜜をすすり、肛門まで味と匂いが消え去るまで貪った。

「アア……、我慢できない……」

和香が言い、上になりながら俊介を仰向けにしてきた。

今度は俊介が真ん中になり、美女二人が同時に勃起したペニスにしゃぶりついた。

熱い息が混じり合って俊介の股間に吐きかけられ、二人は争うように亀頭を吸い、幹から陰嚢まで舌を這いまわらせてきた。

俊介が急激に高まると、先に和香が口を離して、彼の股間に跨ってきた。志保も股間から離れて俊介に添い寝した。

「ああッ……、なんて、いい気持ち……」

座り込み、ヌルヌルッと一気にペニスを柔肉の奥に受け入れながら和香が言った。

俊介も、熱く濡れて締まりの良い膣内でペニスをヒクつかせながら喘いだ。

和香はすぐに身を重ね、巨乳をこすりつけながら腰を動かしはじめた。俊介も下から股間を突き上げ、和香に唇を重ね、大量の唾液を飲ませてもらった。

志保も肌を密着させながら割り込んで舌をからませると、俊介は顔中を二人の口にこすって、温かく清らかな唾液でヌルヌルにしてもらいながら甘酸っぱいミックスフェロモンに酔い痴れた。

「い、いきそう……、もうダメ、アアッ……！」

狂おしく腰を動かしていた和香が口走り、ガクンガクンと激しく全身を波打たせはじめた。

同時に俊介も、キュッキュッと収縮する膣内に刺激され、たちまち宙に舞うようなオルガスムスの快感に包み込まれた。熱い大量のザーメンを勢いよく噴出させ、和香と志保の舌を吸いながら股間を突き上げ続けた。

俊介がようやく最後の一滴まで脈打たせると、和香も力尽きてグッタリと体重を預け、たまにビクッと全身を痙攣させながら荒い呼吸を繰り返した。

俊介は力を抜き、二人の匂いと温もりに包まれながらうっとりと快感の余韻に浸り込んだ。

和香は、肉体は満足しても、まだまだ心は満たされていないようで、挿入したまま股間を引き離すことなく、また息を吹き返したようにノロノロと腰を動かしはじめた。

その勢いに押されるように、俊介もまたすぐに彼女の内部でムクムクと回復をはじめていた。

志保は和香の気が済むようにさせ、遠慮して積極的に俊介を求めることはしなかった。何しろ志保は、初めての膣感覚によるオルガスムスに目覚めはじめた頃で、まだその大きな絶頂に対する恐れを抱いているようなのだ。

まあ、志保とはこれからも一緒なのだからいつでも開発できる。そう思い、俊介も和香の肉体に専念した。

そして一晩に、何度射精したか分からないほど、和香の口や膣に熱いザーメンを放ち続けたのだった。

5

——翌日、三人で沖田を見舞うと、彼はすでに息を引き取っていた。

顔には白布がかけられ、周囲には母屋の植木屋の老夫婦、坊主や近所の人などが集まって弔っているところだった。中には、子供を抱いた近藤ツネの顔もある。

「結局、私たちは何一つ歴史に関われなかった……。何のために、この時代に戻ってきたのかしら……」

志保が、庭先から沖田に向かって手を合わせながら呟いた。

と、沖田の死に顔を見ることもなく、和香がいきなり外に駆け出していった。

「え……？　和香さん……」

気づいた俊介は、志保を促して後を追いはじめた。

和香は、自分の家に駆け込んでいった。

二人は急いで追い、ようやく彼女の部屋に入ると、ちょうど和香が刀を抜いて自分の胸を突こうとしているところだった。

「和香さん、待つんだ……!」

俊介は言い、志保と一緒に止めようとした。

すると和香も、ぴたりと切っ先を止め、俯いたまま肩を震わせた。

「ふ……、ははは……」

和香がいきなり笑い出した。気でも変になったのかと思ったが、そうではない。

和香は、泣き笑いの顔を二人に向けて言った。

「これは、姉上さまと交換した、斬れない刀でした。何と間抜けな……」

その言葉に安心はしたが、それでも切っ先は鋭い。志保が注意深く、彼女の手から刀を取り上げ、鞘に納めて置いた。

和香も気勢をそがれたように、それ以上は何もせず、ただ力なく座り込んでいた。

「私は沖田さまを失い、またお二人とも別れが迫っているのですね。そんな気がいたします……」

ぽつりと、和香が言った。

「ええ、私たちも、自分の世界に帰らなければなりません」

志保が答えた。

「あなた方は、何をしに、何のために私の前に現われたのですか」

「私たちにも、今まで分かりませんでした。でも、いま分かった気がします」

「それは……？」

和香の問いに、志保が唇を湿して答えた。

「それは、和香さん、あなたの自殺を食い止めるためだったのです」

志保の言葉に、そうかもしれない、と俊介は思った。

だが、それだけなら志保一人でも良かったはずだ。自分の役割は何なのだろう、と俊介は考えたが、答えは出てこなかった。

「もう、死にはいたしません……」

和香が小さく答える。

「それならば安心です。良い縁談もあるようですから、どうかお幸せに。間もなく新しい世の中になりますので」

志保は言い、そっと和香の肩に手を置いて立ち上がった。そして俊介を促し、和香をそのままに外に出た。

「どこへ……？」

「最初に来た、あの社《やしろ》のあるところへ」

志保が言い、俊介も一緒に試衛館の裏手にある、田畑の中の社へと向かった。

なるほど、そこならば現代に戻れるかもしれない。

二人は懐かしい試衛館の前を通過し、路地を抜けて広々とした田畑に出た。あぜ道を行くと、間もなく社のある小さな杜《もり》が見えてくる。

やがて二人は社のある杜の木陰に入り、誰も見ていないか周囲を見回した。

「本当に、これで戻れるかな……」

「たぶん、もう用は済んだはずだわ。仮に戻れなくても、何度も繰り返せば未来へ未来へと行けると思うの」

確かに、最初に文久二年に戻ってからは、順々に進みながら移動してきたのだ。

「もし戻っても、また付き合ってくださいね」

俊介は念を押すように言った。

何しろ、現代ではキスしかしていないのだ。過去の世界で何度セックスしても、戻ってしまったら夢物語になってしまいそうである。

「さあ、どうしようかしら。また違う世界に飛ばされるのも困るし」

志保が、からかうように言った。

「そんな……、誰よりこの時代にのめり込んでいたじゃないですか。京にいるのが長引いたら、きっと人を斬っていましたよ。それに、あと一歩で本当の絶頂を迎えそうなんだから」

「バカ……」

俊介の言葉に志保は優しく睨んで言い、自分から彼の肩を抱き寄せてきてくれた。

「ね、せめてここでもう一度だけ……」

現代に戻ると、もう触れられないような不安に駆られ、俊介はキスする前にしゃがみ込んで志保の袴を脱がせはじめた。

「あん……、ダメよ……」

言いながら、志保もこの時代でもう一度しておきたい気になったのか、拒まずに自分から帯を解きはじめた。確かに昨夜の俊介は和香ばかり相手にし、志保にはほとんど何もしていなかったのだ。

彼女の下半身を丸出しにすると、俊介は座ったままワレメに顔を埋め込んだ。

若草に染みついた匂いを胸いっぱいに嗅ぐ。もし現代に戻ったら、また志保は毎日入浴し、洗浄器付きトイレで用を足すのだから、これほど濃いフェロモンを感じるのはこれが最後かもしれない。

俊介は何度も深呼吸し、甘ったるく刺激的な志保の匂いを吸収しながら花弁に舌を這わせていった。

すぐに柔肉はヌルヌルと熱く潤い、志保は立っていられないほどガクガクと膝を震わせはじめた。

さらに俊介は後ろに回り、両の親指でムッチリとお尻の谷間を広げて、これも秘めやかな匂いを籠もらせている肛門を嗅ぎ、心ゆくまで舐め回した。

「ああ……」

志保が喘ぎ、両手で木立に摑まりながら、お尻を突き出してクネクネさせた。

前も後ろも充分に舐めると、俊介は立ち上がり、逆にしゃがみ込んだ志保にペニスをしゃぶってもらった。

温かく清らかな唾液にまみれながら、絶頂寸前まで気を高めてもらい、やがて俊介は志保をバックから抱いた。

再び志保は木立にしがみつき、前屈みになった。

俊介は後ろから腰を抱え込み、膣口に押し当てて一気に貫いていった。

「あう！　き、気持ちいいッ……！」

志保が喘ぎ、ヌルヌルッとペニスを根元まで受け入れながらキュッときつく締めつけてきた。

俊介はズンズンと勢いをつけて腰を突き動かし、すっかり汗と埃の匂いを染みつかせた志保の髪に顔を埋めた。

たちまち俊介が絶頂を迫らせて動きを速めると、

「あん！　何これ、すごいわ……！」

志保が自分から腰を前後させながら声を上ずらせ、ガクンガクンと狂おしい痙攣を起こしはじめた。

どうやら本格的なオルガスムスに包み込まれてしまったようだった。

俊介も、収縮する膣内で、ひとたまりもなく昇りつめた。

快感に身悶えながら、ありったけのザーメンを噴出させ、最後の一滴まで心地好く絞り尽くした。

「ダメ……、もう起き上がれないわ……」

引き抜くと、志保はグッタリと座り込み、いつまでも余韻に浸りながら、たまにビクッと肌を震わせていた。このまま現代に戻るわけにいかないので、俊介は身繕いし、彼女の袴も整えてやった。

「いい……？」

俊介は言い、志保に顔を寄せていった。

ピッタリと唇が重なり、俊介が彼女の甘酸っぱい芳香に包まれながら口を開くと、すぐに志保の舌が侵入してきた。

甘く濡れた、柔らかな舌を舐め回すと、いつもの感覚が襲ってきた。

「ンン……」

軽い目眩を起こしながら志保が声を洩らし、シッカリと俊介を抱きすくめた。

エピローグ

——目の前に、体育館があった。社もすっかり古びて、「時神」の字も定かでなくなっている。同時に、表通りを通る車の音も聞こえてきた。

「ここは……」

「間違いないですね。戻れました」

二人は周囲を見回し、体育館の壁にある時計を見た。幕末であんなに何日も過ごしていたというのに、時間はほんの数分しか経っていなかったのだ。

「夢だったのかしら……」

「うわ、志保さん。その刀……」

俊介は思わず彼女の腰の刀を指して言った。それは和香に借りたままの、真剣ではないか。

「大変……、これでは形の演武なんかできないわ……」

志保も目を丸くして言う。日本剣道の形は、大刀小刀あわせて十本の技があり、二人一組で行い、刃を合わせることもあるのだ。危険で、とても真剣では行なえない。その時、大会の役員らしい男がこちらに近づいてきた。背広姿だが、見れば斎藤一そっくりな顔をしている。

「ああ、ここにいたか。そろそろ演武の始まる時間だ。中へ入って」

言われたが、志保は快感の余韻でしゃがみ込んだままだ。

「す、すみません。少々気分が悪いので、棄権したいのですが……」

志保が、精一杯の演技で言う。実際、セックスと初めてのオルガスムスばかりでなく、数分の間に何日分もの時間を過ごしたので疲れているのだ。

「なに、それは困ったな。代わりの選手でもいればいいが……」

役員が困って腕組みをすると、

「私でよろしければ、出場させてください」

話を聞いていたかのように、一人の女子が近づいてきた。右手には年代物の刀を持ち、何とその顔は、和香そっくりではないか。

「わ、和香さん……」

俊介と志保は目を真ん丸にして声を洩らした。

「私をご存じですか」

彼女が二人に笑みを向けて言う。

「君は？」

役員の男が訊くと、

「東京代表の、池野和香です」

彼女は胸を張って答えた。名が同じなので、二人は驚きに声もなかった。

役員は、彼女の名を聞き知っていたように頷いた。

「そうか、君が出てくれれば有難い。だが、ずいぶん古い刀だね。まさか真剣じゃないだろうな」

「真剣ではありません。幕末から我が家に伝わる刀ですが、不思議に現代の形用の刀に最適なので、いつもこれを使用しております」

和香はスラリと抜き放ち、役員に刀身を確認させた。

どうやら、それは幕末に志保が和香と交換した刀に違いなかった。外装はすっかり古びているが、その拵《あつら》えには二人とも見覚えがあるのだ。

むしろ志保の持っている真剣の方が、真新しい感じがする。

「あの、和香さんという名は……」

志保が近づいて言うと、

「私の四代前、つまり母の曾祖母の名を頂いたと聞いてます」

和香は答え、二人の顔を見るなり小首を傾げた。

「なにか……」

「いえ、初めてお会いする気がしませんので。だって、この方、私の曾祖父の写真の顔にそっくりだから」

和香は、俊介を指してクスッと笑った。

（わ、和香さんは、僕の子を妊娠したのかも……）

俊介は平静を保ちながらも、内心では驚きながら思った。目の前にいる、現代の和香の曾祖父というのは、幕末の和香の息子。ならば俊介に顔が似ていても不思議はないではないか。

「さあ、そろそろ時間だ。お願いするよ」

役員に促され、和香は頷いた。

「では、また後でお話いたしましょう」

和香は二人に頭を下げて言い、体育館に入っていった。

（志保さんは、和香さんの自殺を食い止めるため。そして僕は、和香さんの子孫を作るために過去へ戻ったというわけか……）

俊介は現代の和香を見送って思い、小さく嘆息した。

「さあ、では和香さんの演武を見ましょう」

志保が言い、俊介も頷いて体育館に向かっていった。

新版に際してのあとがき

お買い上げ有難うございます。

本書は、二〇〇四年に同タイトルにて、柊幻四郎という作者の作品としてマドンナメイト文庫より刊行されたものを加筆改稿したものです。

そう、柊幻四郎は、睦月が新境地の開拓のために作ったペンネームの一つでした。

もちろん睦月読者の多くの方は、文体から、これは睦月の作品じゃないかと確信しておられたようです。

それでも私は自分のホームページの日記に、柊と会って酒を飲んだ、などと書いて柊が実在するかのように装っておりました。日記に紹介された柊は、公務員の傍ら官能作家としてデビューした、大人しい真面目人間で何よりの睦月ファン、というイメージでした。

柊のデビュー作『女神降臨』（二〇〇三年、マドンナメイト文庫）のあとがきにも、熱烈な睦月ファンとして自己紹介しました。

自分で自分のファンと書くのも何やら面映ゆいものですが、そこには別人格を装う楽しさがありました。それに睦月ファンなら、多少文体が似てしまうのも自然かなという含みもあったのです。

なぜ、柊幻四郎という、新たな作家を創り上げたのか。

それは、嬉しいことに睦月作品があまりに多く刊行され、カラーが一辺倒になりがちだったのを戒め、再び新人のつもりで破天荒な話を書くという歓びに魅せられたからでした。

実際、『女神降臨』は、時代物でありながらSFで、UFOの怪光線により身長が十倍の大きさになってしまった村娘の話でした。今でこそ睦月作品はブッ飛んだものが少なくないのですが、この頃は無難な睦月カラーというものが主流だったので、新人が持ち込み用に書き、編集者をブッたまげさせる、というようなイメージのつもりで書いたものなのです。

結局、さらに睦月が忙しくなってしまい、柊作品は『女神降臨』と本作『淫刀』の二冊だけで終わってしまいました。

本書は、何しろ私の好きな新選組を前面に出し、まるで自分が幕末にタイムスリップしたような楽しさの中で描き上げたものです。

本書に登場する幕末のヒロイン、池野和香は、拙著「蜜猟人・朧十三郎シリーズ」（学研M文庫）に登場する女武芸者、伊波梓の娘であり、また「女神の香り」（竹書房ラブロマン文庫）にも登場するお馴染みのキャラクターです。

今でこそ多くのタイムスリップ官能は書いておりますが、本作を書いていた頃は、まだ時代官能を初めて間がなく、大きな冒険も控えている時期でした。

それを柊の名義で、何の制約もなく好き勝手に書かせて頂いたのが本書です。

この作品が、さらに睦月世界を広げてくれ、自分でも非常に気に入った作品になりました。

そしてタイムスリップをテーマにした官能も、充分に面白く書けるのではないかという自信もつき、以後、タイムスリップは睦月による時代官能の、一ジャンルともなっております。

何しろタイムスリップの良いところは、多くの有名な歴史上の人物が出せ、自分が本人に会っているような感覚になれること。そして過去を現代人の視点で書くことが出来て、作者と読者が同時進行で楽しめるのではないかという点です。

今後、柊幻四郎の名義で書くことはないと思います。その名の通り、幻で終わった架空作家でしたが、これからも睦月作品は多くの試みの中で世界を広げてゆきたいと思っております。

では、今後とも睦月作品を、よろしくお願い致します。

平成二十年夏

睦月影郎

◎本作品は柊幻四郎名義で書かれた『淫刀　新選組秘譚』（二〇〇四年・マドンナ社刊）を加筆改稿したものです。

二見文庫

淫刀《いんとう》　新選組秘譚《しんせんぐみひたん》

著者　睦月影郎《むつきかげろう》

発行所　株式会社 二見書房
東京都千代田区神田神保町1-5-10
電話 03(3219)2311［営業］
03(3219)2316［編集］
振替 00170-4-2639

印刷　株式会社 堀内印刷所
製本　村上製本

落丁·乱丁本はお取り替えいたします。
定価は、カバーに表示してあります。

ISBN978-4-576-08078-9
http://www.futami.co.jp/